飛拳

少年武俠小說

王力芹◎著

秘笈

出竅

爆竹聲中一歲除，正是春風送暖時候。

少年隨著母親上山禮佛，走過朝山步道，越過山門下的小徑，再拾級而上，母親早已氣喘吁吁，少年足尖輕功點，輕鬆愉快。

「慢點兒呀！」母親方才張口，少年已消失在迴廊轉角處。

「唉，這孩子總是躁性。」母親嘆了一口氣，再蹣跚前進。

年節的寺院滿滿是回山朝拜的信眾，迴廊裡比肩接踵紛至沓來，少年功夫出奇好，不消多少時候便已來到西淨樓下。

少年右腳一揚，鞋便拋起，右手一伸接個正著，順手放進無門鞋櫃，左腳同時一踢，將鞋子一併擺了個整齊。

「呵呵，好身手哇！」少年背後傳來老者讚嘆。

「呃……」少年回頭撫住自己後腦尷尬笑笑，這不過是在家裡天天練就的。

方才踏進西淨內堂，少年面向東禪望去，隔著偌大廣場，他清楚看見一道黑影倏地越過東禪琉璃屋瓦，心下一想：這東西跑得飛快，絕非善類，今兒個此地都是善良信徒，絕不容他在此作亂，驚擾了大眾。

少年轉身推門飛奔而出，鞋櫃前，雙腳並進將鞋子勾了出來，套上，再一蹲，然後彈起一跳，他人已在數階之下的長廊，眾人驚異萬分。

「哇，這少年身手非凡哪！」

「是啊，輕功了得。」

少年與母親錯身而過，他無暇細聽來自眾人的讚嘆，母親則是錯愕中略帶竊喜：「我這孩兒其實也有他的長處。」

飛步至廣場，少年目光鎖住東禪琉璃屋脊，來回犀利逡巡，卻是不見方才那黑影，心下倏地暗暗一驚：「壞了，怎才一瞬那廝就沒了蹤影？到底是何方神聖？」

正是元日，寺院花市燈如畫，因前來點光明燈的信眾多，少年擔心有不肖之徒前來作亂。

該如何才好？少年摩拳擦掌，正想著擒拿招數。若非必要他也不想隨意出手，萬一將佛門搞成一團亂，如何對得起師父？如何向父母交代？

少年記起父親一再耳提面命：「做事要沉穩，小不忍則亂大謀。」沉穩？是的，該要穩住，莫要讓那壞傢伙得逞了。

「考驗時時都在，遇事千萬勿掉以輕心。」師父曾經再三叮嚀的話，這時也在腦海迴盪。血氣正要上冒時，少年趕緊曲膝蹲起馬步，穩住下盤，全神貫注使力，教鞋裡的兩個腳掌牢牢扣抓著泥地上的土。

爺爺在世也說過，做人要放大別人、縮小自己，還要心圓氣長。

是啊！這會兒不正是考驗自己的氣能否悠長？少年如此定格立在廣場邊上，半合著眼數息，心脈因此漸漸平緩下來。

「欸，你們看這小沙彌還挺像真的！」

「這不是小沙彌吧？衣裳不像，頭髮更不是了！」

「說的也是，既然不是小沙彌，那寺方擺他在這兒做啥？」

少年聽了便覺好笑，他一頭微鬈五分頭竟被當成小沙彌。

「這孩子難不成被止了穴？」

「止穴？」

「是啊！不然他怎麼不動了呢？」

「那……怎麼辦？」

「誰懂解穴的事，就好心幫幫他吧！」

幾個人在少年面前七嘴八舌嚷個沒完，少年乾脆連眼皮下僅存那一條細縫也合上，以觀想法細數自己身處廣場的四周構建。

觀想教少年開了心眼，矇朧間他看見方才自東禪屋脊竄逃而走的東西，原來是一隻黑毛野貓，現在竟也混在人群裡了。

這裡可是佛門清靜之地，怎能容牠在這裡作怪！少年趕緊調息大吸一口氣，同時間跨出一個箭步，右手直伸如握利器，引起四周一陣小騷動，圍觀人群紛紛走避。

「哎呀，寶劍出鞘了。」

「這少年要治什麼壞東西？」

「快閃邊啊！」動作之敏捷，似再慢個片刻，自己小命就要不保。

少年圓睜的眼看向東北隅一個老者腳下，身子向前一傾，輕輕說了聲，「小黑貓你快走，這兒不適合你。」

少年母親適巧由西淨趕來，目睹這一切，啐了少年一句，「神經出竅哇？」

「嘻嘻，我覺得這貓在寺院裡奔竄不好嘛！」語畢，少年雙手捧起那一隻黑貓，返身與母親一同離去。

自在

「叩叩叩。」

「什麼人呀？」老婆婆扭著傷過的腿，一瘸一瘸的往前院走去。

「原來是林老爺啊！」老婆婆邊招呼門外的來者，也留意到遠處一棵老樟樹後有張窺探的臉。

「來看看你們有否再收到古物。」林老爺說。

「最近老爺子都沒找著奇特的東西，怕要讓您失望了。」老婆婆趁隙睨一下竹籬外遠處的樟樹，她急於入內要老伴去看看樟樹後藏著什麼人，希望林老爺快走。

送走林老爺，老婆婆偷瞄了老樟樹一眼，那小子居然還在，正轉身想喊在後院劈柴的老頭子來商量對策，前頭院門又叩叩響起。

「又是誰呀？」這回老人快步從後院前去開了門，進來個十來歲個頭小夥子。

「少年郎有什麼事？」老人問。

「聽說您這兒有賣古物，我來看看有沒我要的東西。」少年滿屋子搜尋，最後落在屋角鐵器堆。

「你要什麼樣的東西？」老人覺得怪異，這身材瘦削模樣憨厚的少年怎也找古物？

少年又比又說的形容半天，老人裝作糊塗，老婆婆的防衛越升越高。

「你說的長又彎、能削、能切，到底是啥？你就這堆裡自己翻翻找找吧！」老婆婆說。少年當真不客氣的鐵器堆裡東翻西找。

約莫過了一刻鐘，少年站直身子，兩掌拍拍，失望的表示：「沒找著。」

少年向兩位老者作揖打算離去，當他轉身抬腳跨步，老婆婆出其不意的出掌按住少年肩頭，少年一驚，返身舉起右手，一掌拍下，只見掌心就要拍到老婆婆髮頂，老婆婆看出小夥子功夫還嫩，心上警戒放下一半，不慌不忙說：「小兄弟，你東西掉了。」

「啊？」少年立即收住手，身體卻踉蹌了一下，差點往老婆婆身上靠。他使力讓上身後仰再順勢曲膝，然後伸手向前撿，卻慢了一步，老者已用腳踩住，再用今兒剛收回的秤勾起那手掌大小的紙片。

「這寫些什麼呢？」

老人才要攤開來看個仔細，少年已掙扎出老婆子的擒拿掌，快速搶下紙片。老人來不及反應，紙片只剩下手指捏住的那小塊。連方才以為他這一彎是要跪倒在地的老婆婆，也被突如其來的變化震住。

少年顯然練過腿力，看他開門便拔足狂奔的身手，稱不上矯健，卻也非等閒了。

「那紙片寫了什麼？」

「『恩怨，即能自在。』這什麼意思？」老人一臉狐疑。

「會不會這少年與人結怨，以為解決了恩怨，就能自在？」老婆婆猜測。

「難怪他要找長又彎、能削、能切的東西！」

少年奔出古物商，緊握殘缺紙片，馬不停蹄狂奔回到山腳下矮木屋。

「阿杉，找著那古物商，東西買到了沒？」奶奶問道。

「找到古物商了，可沒找著那東西。」

「沒那東西我賣菜就不大方便了。竊賊偷菜也就罷了，竟連削菜的器具也給竊走。」

「奶奶，明日我再去別處找找。」

「這鎮上就這家古物店，東西能用就好，不需新品。」

少年無膽再進那古物商。他沒偷沒搶，老人就一手一腳的要壓制他，嚇得他落荒而逃，還把師父給的寶貝撕毀了。

「明兒市集散了，奶奶同你一起去。」少年聽了，心才放寬。

進去。

「阿金哪……」次日黃昏，少年陪奶奶來到古物商，奶奶熟門熟路自己推門

「阿卻啊，今兒個怎有空哪……」老婆婆聞聲自裡屋出來相迎，卻見到前一日竄逃的少年，便向前犀利逼問：「你來做什麼？」

「這我孫子。」少年不知所措間，奶奶拍拍少年脊背，「省城學堂裡老被欺負，給追打怕了，乾脆就回來陪我賣菜。昨兒讓他來幫我買把香蕉刀，說是沒找著，今兒我自己來找。」

「我們還以為他要買啥利器呢！」老婆婆說。

「利器？」

「你孫子說要買長又彎、能削能切的東西。」老婆婆細說從頭，紙片的事也沒遺漏。

「呵呵……」奶奶伸手撫著少年臉頰，向兩位老人說：「難怪昨晚他在豆大小燈下，重寫那張開春裡陪我上山禮佛時，師父給他的佛語。」

「是怎樣的佛語？」

「阿杉，把師父給的佛語念給金爺爺、金奶奶聽。」

少年小心翼翼從褲袋裡掏出紙片，緩緩念出「超脫榮辱毀譽，就是解脫；放下是非恩怨，即能自在。」

「哈哈，好一個自在呀！」老者捋著鬍鬚，「老伴，咱們得學學呀！」

示單

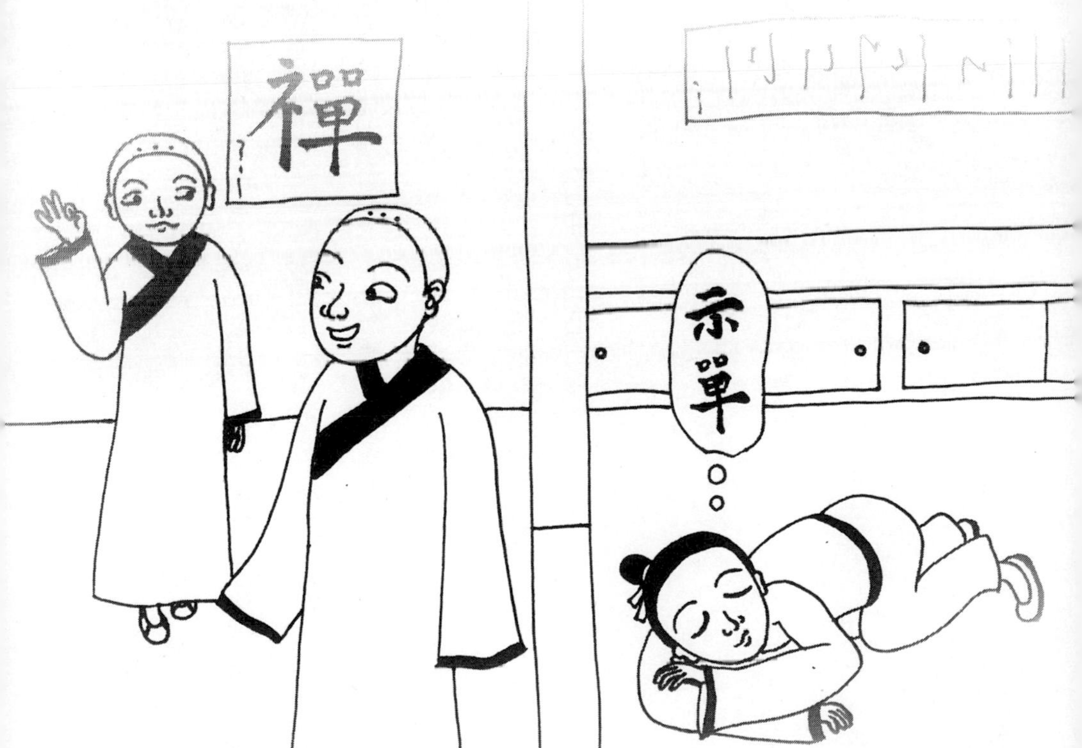

少年打幾天前看著娘開始忙起春耕的事，已先一步盤算如何開溜。

少年倒不是嫌惡農事，他只是喜愛一切照自己的方式做。比如娘要他幫著插秧，他跪在田裡悶著頭往前推去，直把腰間那一簍秧苗插完才直起上身，這一看，天哪，娘的罵聲從右邊一畦田丟過來，「你練蛇形刁手哇？」

少年撓腮，看著顛覆傳統的傑作，也算自成一格，卻不被爹娘接受。

「你的方法錯啦！」左側田間的爹大聲說。

「哪裡錯了？」少年想，不就是將秧苗插進田裡？

「你看看我和你娘。」爹再說了。

少年還是不解。

「唉，孩子的爹，咱們這小狗子怕不是耕作的料哇！」

「沒那話，這耕田跟寺裡師父修行一樣，得下工夫哇！」爹指向遠處的寺院。

開年春下，少年趁著娘忙著，一溜煙便往三里外的佛寺跑，這樣就不會插出讓爹娘頭疼的稻秧吧？

不一會兒，少年已到寺門下，抬頭一看，高得他摸不著的寺門牌樓，右一句「佛光普照三千界」，少年垂下頭，不太能明白。

家裡觀音菩薩像背後的木匾，就「佛光普照」這四字，天天看，朦朧懂得；倒是「三千界」教他頭疼。平日裡大家說的世界不也才一個，哪還三千個？

再抬眼看到的是左側七字聯語「法水長流五大洲」，這教少年頭更大了。雨水他是聽過的，可這法水，究竟是啥呢？

少年旋即又想，法水必是好東西，出家人慈悲為懷嘛！

這時，少年看見一列出家眾正往某個殿堂走去，一時好奇，便尾隨而去。行進中的出家眾，專注凝神，既不四處張望，也無閒談雜話。少年想，他們怎不聊聊天，像爹娘和鄰居大叔大嬸那樣？

當法師們依序踏進殿堂時，少年起了一念，順勢撇起唇角得意笑了。

最後一位法師後腳跟將要收進堂去，少年緊跟其後想要魚目混珠，可惜右腳尖剛著地，便被推出的門板給抵回來，就連他的大頭顱也被彈回。少年捂著略有浮腫鼻頭，似是給蓋上大印一般！

呵，堂內師父真神，竟知道最後這人是不該進堂的。少年低頭抿嘴，佩服起掩門的師父來了。

而後，內堂傳來一陣解說，少年沒來得及聽明白，接著就聽見木板拍下，「提起正念」四字隨之穿牆震入耳中。

「提起正念？什麼是正念？」他幫著插秧，娘說抓好青秧，是這意思嗎？還沒釐清，堂內又傳來疾行快走聲響。

「堂裡到底在做什麼呢？練武嗎？」

少年疑惑更多，環顧四周，無人可問，看來得自己尋求解答了。

可這牆沒窗，怎麼找答案？

這時少年瞥見上端有氣窗，可氣窗約在十數尺高的牆面，他如何搆得著？

少念轉念一想，自己不是常在田裡練蛤蟆彈跳功？

於是曲膝蹲下，雙手使勁向後一甩，運足內力，雙腿下壓，使力將腳蹄子往空中一蹬。這一衝，沒上躍，反而撞了牆，把額上撞出一個包。

少年捂著發疼的額，怪自己忘了留個助跳空間，於是後退幾步，再一次運氣上跳，這回是在雪白牆面上留下五爪印。

少年並不氣餒，奮力再跳，卻跳得滿身大汗。

冷不防堂內傳來洪鐘聲響，一聲「歸位坐」，嚇得少年無意識的席地坐下。半晌不覺莞爾，而且奇怪，堂裡的出家人到底在忙什麼？

好奇繫著少年的念頭，可氣窗高高在上，他也莫可奈何。垂頭喪氣時，少年發現右側底端有個小氣孔，少年忙不迭趴下地，右眼貼著小孔想一窺堂奧，卻只看到堂前壁上有個「示」字，其他啥也沒見著。

少年一心認定示字旁邊還有字，可氣孔太窄看不清。抱著姑且一試的想法跑到左側，果然牆底也有個小氣孔，少年不假思索立即仆倒貼上眼，這次他看見的是個「單」字。

字是看見了，但「示單」到底是什麼？想著想著，少年連打了幾個呵欠，之後便神遊太虛了。

此時，殿堂門輕拉開，禪修圓滿，維那師父不忘叮嚀：「堂外小香客正參著他的人生大禪，大眾留意腳步，莫驚擾了他。」

少俠

「少俠，少俠⋯⋯」

「呃？」一聲聲急急呼喊，教少年心裡怦然。此地竟有人如此看待他，莫不是方才小橋上水池邊的舞拳踢腿都被看進眼裡？

究竟誰看見了？

少年張大眼四下看了看，這座環視一周便可全數瀏覽的藍毘尼園，除了他，別無旁人。到底方才喊聲出自誰口？少年心緒滿是疑惑。

早齋過後，趁著尼園掌理法師還沒來到，少年從進了園後，就如入無人之境，舞他愛舞又毫無章法的拳腳，一下子跳過水池，一下子又在小橋上前翻後翻的練。

不想還是被窺見了。

隆冬的天色在早齋過後仍然帶著濛濛灰，遠望，一切朦朧，可近處這園子裡除了花與樹，和那幾尊石製小沙彌，就再也找不出其他生命體。方才那幾聲「少俠」，少年這時回想起來竟多了幾分詭異。

少年極不放心，再張望四周一回，目光掃過之處依舊掃不出其他人。就在這時，又是一串喊聲：「少俠、少俠……」

被稱作少俠，理應快慰，可這時少年卻無法展顏歡笑，他心裡反是七分心虛：方才不過是花拳繡腿舞弄一番，真正的功夫還要練紮實些，如此就喚他是少俠，莫不是故意譏刺他？

儘管心裡兼有竊喜，但多的是忐忑。想想，何不先裝聾作啞，好一探虛實。

少年目光落在小沙彌前的石桌，石桌上的棋盤引動他躍躍欲試。少年快速落了座，再無暇探究少俠聲源，很快便全神貫注於祺奕之事。

少年自小跟著爺爺學過，稍有幾分棋藝，尋到機會就要找人切磋一番，這節骨眼上，小沙彌這兒正有棋盤，少年一時技癢，便抱拳相邀了。

石桌兩側分別是少年和小沙彌，恍若兩人下著這盤棋。

以前爺爺總說，真正出色的人是「靜如處子，動如脫兔」，一路走來，少年便是朝此目標前進。方才拉了筋，練了拳腳，滿身汗涔涔，正待此刻屏氣凝神，恢復平靜。

起炮，走車，小兵也能立大功。今日顯然棋逢高手，下了一刻鐘仍然陷入僵局，殺不出重圍。少年拍著額，絞盡腦汁，想不出突圍方法。忽然頂上菩提樹沙沙響起，頃刻間飄下一片落葉，落下的位置不偏不倚指出了對手的破綻，給了少年一個絕佳提示。少年費神想了半天，欣喜若狂，大叫一聲：「叫吃。」

得意間，仰頭感謝菩提樹的襄助，方能順利尋到對手一個疏失。

少年放穩棋子剛離手，就聽見「抽俥、抽俥」聲如雷，響徹整個藍毘尼園。

「呃？」

少年直盯著對面的小沙彌，納悶他幾時張口說話了？少年再審視一下棋局，明明還是前一秒的局勢，對手的車、或馬，或炮，都還在剛剛的守備位置，五個黑卒連楚河漢界都還沒越過，要想抽他的車，簡直癡人說夢。

是誰在作怪？難道不懂，古有明訓，觀棋不語真君子？

少年這回更是仔細的四下望了望、巡了巡，也沒見著有高人羅列對手身後。這又是誰在虛張聲勢？

少年難免心慌意亂，還在等著對手認輸，或解開他叫吃的僵局，就又是一串「少俠、少俠」喊聲撞進耳裡。少年目光迅速溜轉尼園一圈，還是連一個人影也沒。

少年感覺自己心跳加速，手心冒汗，到底是有人和他鬧著玩？還是真有仇家尋了來？

少年已經慌得六神無主，整座藍毘尼園裡一會兒是少俠喊得急，一會兒是抽車聲聲逼。少年追著聲音找，一顆頭都快轉成麻花捲了。這時，忽然看見一位從尼園外急急入園的女眾，向著水池後的一株大樹喊著「阿娟，你很吵呢，一早就叫個不停，今天周基不能來，就我來打掃尼園啦！」

少年有點糊塗，隨著女眾將視線移向上方，這才發現茂密枝葉間有個鳥籠，原來觀看他下棋的是一隻鳥，一隻饒舌的鳥。

少年頓時感覺煞是好笑，「抽車」？「周基」？原來是自己聽得迷糊，自己嚇著自己。

少年再一轉念，這鳥雖是聒噪，卻也識人，知道稱他「少俠」。少俠合該行俠仗義，他不就是等著來幫師父整理尼園的嗎？

正當少年樂得輕飄飄要上前幫著作務時，迎面而來一位尼師交代先前進園整理的女眾。「邵霞，石桌、石椅、石雕小沙彌都請妳擦拭一下。還有那隻九官鳥，記得給牠多喝水，免得牠吵人。」

啊，原來是「邵霞」，不是「少俠」。

少年苦笑甩甩頭，唉，當個小義工，不需武功高強吧？

錦
緞

天剛大白，城郊空地陸續來了些擺攤的人，有人擺了攤，隨後逛市集採買的人自然也就來了。

人來人往時，來了個衣衫藍褸的小丐，小丐沿街走著，逢人就咧嘴笑。路人以為他要乞討，紛紛作出閃避狀，可他卻不伸手向人。小丐一逕蹦蹦跳跳，輕哼著不成曲調的歌兒，東瞧瞧，西看看。

上市集來的女人，三三兩兩咬著耳朵。

「你等著瞧吧，這小叫花子等下就開口討錢了。」穿金戴銀的婦人，有著一雙倒垂的眉。

「是啊，是啊，他會對著你打躬作揖，然後說上一段：『好心的大娘，您好心有好報，您大人大量，賞我一個碎銀吧！』」學著乞兒說詞的是雙頰瘦削，顴骨高聳的女人。

「喝，你學得倒挺像的嘛！」闊嘴的女人只說這一句。

「呵呵……」

幾個人邊說邊笑邊睨著眼瞧他，彷彿小乞兒就在她們耳畔求著。這之中還有個小女孩，一手抓著糖葫蘆吃著，另一手則是被她滿身珠光寶氣的娘給牢牢扣住。

小女孩不懂親娘忙著跟人攬和什麼，她著急的要上前頭賣魚賣肉的那兒去瞧瞧，她看著小乞兒自由自在跨大步直往前跑，心眼裡滿是羨慕，掙扎要甩掉箝制她的大手。

一身銀緞的婦人一不留神，被小女娃拉著往前兩步，再看那樣子像極了是要跟著小乞兒去，心一急，脫口就罵：「你是要去哪兒？小乞丐滿身髒兮兮，你不怕被薰到哇？」

婦人聲音又尖又大，前頭跑著的小乞兒聽了心裡納悶，迴身想停下，兩隻光溜溜，連草鞋都沒的腳蹄子像風火輪倏地煞住，地面還划出一道痕印，再往上滾起一大陣煙塵，霎時如入五里霧，除了看不清四周，更是襲得人灰頭土臉。

「唷，你這是幹啥呀？搞得漫天塵埃。」

「看你把我這身衣衫搞髒了，死叫花子，莽莽撞撞。」

「……」

可這小丐連嘴都沒張，身旁幾張嘴就一刻也沒停過。

牽著小女娃上市集的婦人，再見小丐就在跟前，忙抓緊小女孩往邊兒閃，掩鼻外再發鄙視之語：「去去去，髒乞丐閃邊兒去，別碰著我家寶貝。」

小丐沒作聲，怯生生退了幾步，一雙清澈的眼睜睜看，婦人被看得渾身發顫，衝著他直罵：「瞧啥？瞧我兒這糖葫蘆哇，是你這臭乞丐能吃的嗎？」

「ㄨㄟˋ嘛，ㄉㄤˊ ㄨˊ ㄌㄨˊ ㄧˇ ㄍㄚˊ不ㄆㄧㄝˋ吃呢！（對嘛，糖葫蘆你才不配吃呢）」小女孩忘了剛剛還想追隨小丐的自在，這會兒卻學會嗤之以鼻，可滿嘴的話就講得不清不楚，倒是糖進了嘴酸得挺快的。

市集裡人聲鼎沸，賣魚賣肉也賣菜，打鐵打油還打架。

肉攤前，肉販和女娃的娘起了爭執，兩造互不相讓，圍觀者層層復層層。

肉販氣呼呼緊握那把他營生的傢伙——剁肉大鋼刀，口裡恨恨道：「你這人講不講理？一斤上肉一兩五，五花肉一斤一兩，你買了上肉半斤，五花半斤，合計一兩二錢多，要說算個特別的，也就零頭不算，就收你一兩二，你卻是吃定咱是粗人，欺負咱，放個一兩了事，你道我賣肉的是搶錢的哪，哪那麼好賺？」

「這上肉半斤，五花半斤，兩個半斤合起來不就一斤？你就總算五花的價又怎樣？」婦人說的都是她的理，末了還損人：「商家還這樣愛計較？」

肉販氣得牙癢癢，手一使勁，原是卡著肉的鋼刀，因他內力全用上，竟就被挑起向外飛去，眾目睽睽下，鋼刀在空中轉了兩圈，然後筆直就要往吃著糖葫蘆的小女娃腦門劈去，一時間驚慌聲四起。

「唉唷唷……」

「危險哪！」

「我兒……」小女娃的娘慌得只知張嘴不知拔腿，小女娃忙著舔糖葫蘆，完全不知命在旦夕。

說時遲那時快，藍褸小丐一個箭步向前，再往上彈跳，空中迴旋兩轉，雙手一揮如捲麻花，再就雙掌托成蓮花狀，輕而易舉便把鋼刀接了個正著，然後雙腳一頓，穩穩落了地，不但人站得四平八穩，且不懼不喘笑對那母女說：「別怕，沒事的。」

「……」婦人早抖顫著失了魂，膝頭怕還是軟的呢！

小丐將鋼刀遞還給肉販，嘻嘻道：「肉大爺，您的鋼刀，丟了可惜哪！」

「欸欸……」

「欸欸……」

肉販和婦人同時出聲，婦人怒瞪肉販、肉販高喊小丐，小丐早已從容閃出人牆。人潮中一文士搖扇讚嘆道：「這小俠真是身著藍褸心如錦緞哪！」

跪香

暑假期間，眾多信徒返山朝拜，為了給信眾一個賞心悅目的環境，一連數天，全山徒眾早起出坡（勞動服務）。隨母親上山當義工的少年，也得和所有僧信二眾一同出草坡。

少年信心滿滿，出坡難不倒他，他來到山上便滿山跑，天天從祇園蹦跳到觀音池，騰雲駕霧雖還沒練成，輕功也不見了得，但至少練就一雙「ㄐㄧㄢˋ」腿，是健康的腿喲！

這天最後一天出草坡，人人早起便忙著後山除草清掃等作務。好半天下來，體力似乎也消耗不少，某甲喃喃道：「肚子有點餓了！」

不遠處，少年耳尖聽見了，肚子好像也做出空城表示，「咕嚕咕嚕」了兩聲。他嚥了嚥口水，想到從前有望梅止渴，下意識便抬起了頭，張眼四處看了看，後山正在緊鑼密鼓的興建中，只有滾滾黃沙和建築物的粗胚，別說沒有果樹，就連雜草也沒幾株，現在他要望什麼來止飢好呢？

才想著，回眸瞥見不遠處兩位師父抬著麵包向著他這方向而來。少年垂下頭再撿一顆石頭，心裡喜滋滋的，才想要止飢，便有點心來了。

正歡喜時，用眼尾餘光瞟一下，這下他看見其中一位師父朝他這邊揮手，張口喊了一聲：「ㄍㄨㄟˋ ㄒㄧㄤ，點心來了。」

少年一聽，差點沒跌坐泥地上。

「為什麼要跪香才有點心吃？這是哪條戒律，實在太嚴了。」

少年引頸尋找母親，偌大山頭處處是人頭，也不知母親在何方。他想問問母親，得跪多久，才能換點心。

該不會要跪上三十分鐘吧？如果一跪就得半個鐘頭，那他寧可不吃，就讓肚子一路叫空城，到出坡結束。

少年就這麼意興闌珊，把頭垂得低低的，有氣無力的拔著小草、撥擋路的小石子，腦海裡不停打轉的是，某日午齋過堂的震撼。

話說某日午齋過堂，大眾正在齊唱結齋偈時，行堂（打菜人員）依序要徹下食具，正在肅穆齊唱，突然一聲「匡噹」，任人都知是摔破了磁碗。

結齋依序進行，直到完成，全體向上問訊後準備出班離席。正在這時，少年看見糾察師父站在彌勒佛像前二十尺處，手握麥克風不疾不徐說道：

「長老慈悲，大眾注意，學人表堂一件事，中午打破碗的行堂，自行到佛前跪香半小時。」

乍聽到時，少年頗為自己捏了一把冷汗。

因為，前一天晚上的藥石（晚餐），他湯碗沒端穩，差一點滑出手掌，幸好在那一瞬間，自己夠冷靜，趕緊深呼吸，運氣加閉氣，將全身精氣神都灌注在左手掌，硬是以掌心發出的熱力將磁碗壁牢牢扣住，再不慌不忙的放下右手的筷子，空出右手，協助左掌一臂之力，才能化險為夷。

所以，聽到糾察師父的宣佈後，少年一則以喜一則以憂，喜的是自己平日小練身手，內力氣功尚有幾分，總能為自己排除險境；憂的是摔破碗的行當這一跪，腿不痲痺才怪！

可現在呢？小有武功也沒用。沒跪香，就沒點心吃。

冷不防，少年肩頭被拍了一下。少年抬起頭來，師父遞上來一個大菠蘿麵包，他遲遲不敢接下。

「你不餓？」

「……」少年的頭要搖不搖。

「呃？」法師迷糊了。

「不是說跪香才能吃點心？」

「呃？誰說跪香才能吃點心？」

「剛才你來的時候說的呀！」少年怯怯說著。

「我？」法師先是茫然，不出一秒便豁然開朗了。「我是在跟桂香師姐說

『點心來了』是你想太多了！」

「喔……」少年摸著自己的頭，一臉尷尬，不過他還是笑了，跪香離他還遠的咧！

驚醒

少年雖然懂事，但總有血氣方剛，躁性暴動時候。適巧寺方舉辦青少年禪修營，母親遂鼓勵少年參加。

禪修開始，禪師規矩說明後，便教導如何打座。

「禪坐的閉眼，是要練習觀想，眼觀鼻、鼻觀心……」少年等不及在座位上閉眼試試，才幾秒，他沒觀著鼻，更別提什麼觀心，他只覺兩張眼皮像壓了鉛錘似的，沉重得將貼緊眼睛了。

「你們可別沒入定，倒是入了睡。」禪師這句話宛如鑷子，掀開了少年的眼皮。

禪坐之前先得跑香，維那師父一聲聲「提起正念」，就是要同學收攝身心，莫生雜念。少年首次參禪，略帶幾分雀躍，隨著所有同參繞著禪堂中座佛像跑香，由外而內，順時針方向跑，速度則是越向裡圈越快。

跑香這事難不倒少年，不定時隨母親上山當義工，前山後山滿山跑，早已是山上有名的旋風腿了。只是禪堂設在整棟建築的三樓，僅僅一個樓層的半部，空間有限，遶佛跑香是禪坐前，暖身並靜心的步驟，並非要跑得精疲力盡或汗流浹背。然而年少孩子怎理解這其中深義？

眼見同參人人一圈圈加快速度，少年不落人後輕鬆便趕上，再多跑幾圈，他就感覺自己腳下功夫沒用上幾分，有點闌珊無趣，也就無神無勁的甩手動腳。

好不容易捱到維那師父下了香板叫停，少年才大大鬆了一口氣，站定堂內等著師父下上座令。

「上座盤腿。」維那師父下板叫香。所有參修者隨即需在短暫的時間內，尋找到自己的座位，並且上座做好盤腿動作。

方才那一陣跑，少年一心只想上座稍歇片刻。維那師父的上座令一下，少年飛快上了座，盤了腿，依師父方才所教方法在腿部蓋上方巾，然後閉眼端身正坐，調好身，接著再調息，一呼一吸之間，躍動心脈漸次平緩下來。

靜謐禪堂，少年頓覺身輕如燕，隨著呼吸出入，滿盈精氣自頭頂百會穴筆直灌入，循著任督二脈竄跑周身，不一會，少年便覺功力倍增。翻雲手一伸，探向高大樹梢，再落下時，果實已在掌中，若是雙掌齊發，取下的果實更多。

少年一想，才上座便如得神助，氣功瞬間倍增許多，不禁沾沾自喜了起來，輕輕吹起口哨。

雙掌掌風既然了得，雙腳呢？應是不相上下吧？於是左右兩腿分別蹬踢一下，再轉個身來個迴旋踢，一出腳，「咚咚咚」，就將牆角幾袋垃圾踢進了垃圾箱。

少年大驚喜，果然禪修能修出上乘功夫。一高興，口哨再用力吹幾聲，心想：「太好了，這趟下山定要讓那群朋友對我刮目相看。」

正想得入神，維那師父一聲「你是誰？」直把少年的魂給喚了回來。

少年睜開眼一看，眼前站個女眾不悅的瞪著他。

「這是怎麼一回事啊？怎麼都是女眾？」少年撫著後腦十分不解，明明是尋到自己座位才上座，難不成在剛才的禪坐中已經練成移位大法？

「呵……」少年自喜練成絕頂功夫，喉底才剛要發笑，就聽見維納師父說了聲「糊塗！」

「糊塗？」少年正想著，抬眼望向對面座位，那處空著一個位子。難道是自己跑錯了，上了女眾區的蒲團？少年尷尬的摸摸頭臉，趕快下座，把位置還給人家。

彎下腰，雙腳套上鞋，然後下了座，少年準備跨步奔回對向座位，錯身而過時，耳畔傳進該女眾細若蚊蚋的聲音，「睡著了還打呼！」

少年一聽，難為情至極。原來方才須臾時間，自己已然睡了一覺，還打了呼。唉唷，可別連維那師父都聽見才好哇！

不欺

從家裡狂奔出來後，少年三步併兩步快跑，就怕兄姊腳步大，三兩下就趕上他，那他準會被逮回去。

少年有自知之明，若是被兄姊抓了回去，少不得一番興師問罪：「要你平時多練些拳腳，走江湖賣膏藥時才有看頭，你倒好，長板凳一躺就夢周公去了。」他懶得開口向兄姊解釋，反正他們也聽不下去。

跑了一段距離之後，好像只聽見自己怦然跳動的心脈，兄姊喊叫聲已不復聽見，少年這才放慢步伐，竟不知不覺跑向後山來了，此時已跑到半山腰。

仰頭一望，兩旁都是果園，玉荷包結著滿樹累累，飽滿果實好不誘人！少年禁不住嚥了口水，瞬間想起奔出家門前連水也沒喝，跑出來後也已大半天，方才生吞口津，滑過咽喉時微刺微痛，真是口乾舌燥。但眼前後山小徑，哪來解渴飲品？

少年垂頭喪氣，後山連個人家也沒得討口茶喝。此刻又接近日正熾盛的午時，多走幾步，喉頭就更乾澀，彷彿咽喉都給醃漬了。

抬起頭來，滿眼都逃不開玉荷包的招惹。這是老天給的考驗嗎？

少年提起腳跟，環顧四方果園，沒瞧見有人看守；回頭來時的崎嶇山路，也杳無人跡。左右再三細看，山徑上除天地以外，他是唯一之人。

既然如此，吃它三兩個也無妨吧？

少年於是準備施展功夫，將他平日練就的本領展現出來。仰頭瞇眼估量牆高，以及該使多少力，然後不假思索，雙手便往牆頭一攀，料想就能扣住果園外牆，然後翻身進到果園。

少年年方九歲，個頭還小，又錯估了自己的力氣。他這一撐一蹬，準頭沒抓好，沒跳過牆也沒騎上牆。

唉呀呀，少年下頷擦過牆緣，再筆直的滑過牆面，就這麼擦出了一道傷痕。

這會兒，他是蹲在牆角，雙手托著掛彩的下頷，痛得他淚水直流。

那痛就算少年蜷縮身子，捂緊痛處，也直是鑽入骨髓，他差點要地上打滾了。少年心頭恨著自己平日練功不紮實，才會今日沒能像兄姊那樣飛天翻牆。好半天，少年方才攤開捂著痛處的手，一看，沒滲血，幸好。

但也就這痛，讓少年心有不甘。為了嚐玉荷包，還沒到手先掛彩，多不划算啊！

這一氣，少年提起腳來往牆面便是一踢，氣急攻心又沒掌控好力氣，竟是踢痛了腳趾。

唉唷唷！少年抱著右腳原地直跳，半晌坐下地來，脫了鞋檢視，只見右腳大姆趾紅腫一片。少年沒自省，先怨嘆：「今天真是背啊，我到底是招誰、惹誰、犯了誰？玉荷包竟跟我過不去！」

嘆氣間，山下似有來人。少年直覺反應是躲，他怕是兄姊找了來。蜷縮身體往牆角靠，偷個空隙以眼角睇著地上那雙腳，那是一雙著了僧鞋的腳，心下一寬，便也將頭慢慢抬了起來。

「小兄弟，你怎麼了？」師父慈悲問道。

少年想及爹娘閒聊時說過，山上寺院的師父宛如觀音菩薩，有求必應，信口便說：「爹說我功夫練得不精，今兒不給飯吃。」

「喔。」師父垂眼看著少年，嘴角泛起笑意。

少年見師父慈眉善目，並且笑容對他，越發起了欺心——看來得說得可憐些，師父便會帶回寺裡去吃個飽足。

「昨兒爹也沒給飯吃。」

「唉，真是可憐呵！來吧，隨我回寺，你就有齋飯吃。」

少年一聽，喜出望外，佛寺的飯菜可還沒吃過，聽村口大嬸說過，素齋怎的好，又怎的教人吃得感恩。

少年隨著師父前行，腦海想著齋飯不需豐盛，只要來個半隻素雞就好。一個不留神，被一塊大石絆倒，頭臉朝下跌了個狗吃屎，猛然間只感覺似是咬到自己的舌。

「唉呀，唇裂了，舌破了，你這怎麼進食啊？」師父扶起少年檢視傷口，「快，再幾步路就到寺裡，我幫你敷藥療傷。」

少年忍痛點頭答應，一仰頭，看見寺門邊上的偈語。

「對上不欺天，對下不欺人；對內不欺心，對外不欺世。」

此時嘴裡汨汨流著血的少年突有所悟：今日我是欺了多人，這會兒才會連齋飯都沒得吃了！

朝山

「阿翔，明天朝山喔！」

「啥？」母親突如其來的要求，大出少年意料。

母親這招真是高哇！在師父面前提出朝山要求，母親知道少年斷不敢當著師父的面，跟她討價還價。她一直就想要少年體會朝山，學著做隻早起的鳥兒外，還學著禮敬天地自然。

少年帶著不知如何回應的尷尬，如坐針氈，那為難神色分毫不少全看進師父眼底，閱人無數的師父怎會不清楚，這兩代間的相異？看著少年不停搓手撓腮，想也知道，他想拒絕母親，可是在堂裡當著師父的面，又不敢堂而皇之的說不。

「就讓阿翔自己決定吧，別勉強。」師父開口幫少年解決了難題，少年轉憂為喜，從師父送過來的眼神，得到了解脫，當下幾乎是要感激涕零了。

告別了師父，出了殿堂，少年企圖以自小便練上的火輪腳火速開溜，沒想到道高一尺魔高一丈，他方踩下階梯，母親那具彈性能伸能縮的手臂，瞬間如快速拉長的藤蔓，不費吹灰之力輕易就提住少年衣領。少年被母親一抓，來不及反應，差點人仰馬翻，幸好及時一個後空翻，穩住下盤。

「阿翔，明天朝山喔！」母親把師父方才的話全推翻了。

「可是剛才師父說……」少年一語未竟，母親便以強硬口吻說道：「別以為我真會讓你自己做決定。」

「嗄？」少年沒想到母親竟會陽奉陰違。

「我會請你們男眾寮的師兄喊你起床，五點半不二門，不許遲到。」母親再一次叮嚀少年，少年一張臉比未熟的苦瓜還苦。

隔日少年好夢方酣時被同寮師兄一叫再叫方起床，趕不及漱洗，海青一搭，彈跳工夫一施展，匆忙奔至不二門入列排班，少年挺立著閉目小寐去了。

朝山第一聲佛號誦唱開始，少年突然摀住右耳，驚魂甫定後恍然大悟，原來剛才小睡片刻已作一夢，學堂師長下講台提他的耳訓他一句：「用心。」

少年也想好好朝山，待結束後再回寮去爬枕頭山，可體內彷彿暗藏數以萬計的瞌睡蟲，總撓得他眼皮難掀。

朝山行伍在師父引領下，伴著頌讚佛號，且行且跪的往山上大雄寶殿朝拜而去。朝山不求快速，而是在徐緩禮拜中敬仰自然體悟謙卑。

少年每每拜下就如化石一般，保持彎身下跪前額觸地的身形，走在他身後的師兄相當困擾，在無法跨步前行時，只好拍拍少年肩膀。少年被這一震回了神，匆匆起身再接續下一個禮拜輪迴，卻也總是跪下就又不起，有人因此猜測少年是否身體微恙，或許朝山完畢，得叫少年下山找大夫診治。

在少年而言實在苦不堪言，睡意一波波襲上他的眼，每每強睜開跟著念一句佛號，再磕頭頂禮時，雙目自然就緊閉，只要一閉目，濃濃睡意便將他淹沒了。

少年想：乾脆趁此時機，溫習溫習學堂裡練就的瞬息小寐功。

往往是正提氣要練習瞬息養神，卻是蜻蜓點水睡眠輕功都還沒施展，就讓人給肩上拍下一掌，丹田的氣提不起來，神識沒得飛越行伍，就因被喚醒而幻散了，於是便在將練無法練的當口迴盪又迴盪，人都迷糊了起來。迷迷糊糊間左右一瞟眼，大夥兒都還在朝山禮拜，少年不得不也跟著再起身提腳前行。好不容易朝拜到大殿，少年心裡浮現「終於」兩字，緊隨著最後一聲佛號頌畢，便是最終一跪。

少年隨大眾跪拜，前額抵在成佛道上的石板，就沒再抬起，少年彎身拱背禮拜，姿勢宛如一尊殿前雕像。前後左右同參紛紛以擔憂的眼神彼此詢問著。

「這孩子怎麼了？」

「是禮拜得虔誠？」

「一路朝山都這樣。」

「莫非病了？」

「師父開示一結束就火速送他下山就醫吧！」

部分朝山大眾因此無法凝神細聽師父開示，紛紛慈悲觀照少年。少年則是歡喜終於有足夠時間，好好溫習一下在學堂裡練出來的瞬息小寐功，只消三、五分鐘，也能睡個香甜好夢。

正輕快彈跳和在樹間跳動的松鼠玩耍時，左右各一句喊聲，少年如遭雷殛，瞬間精神都來了。

仰頭一看，母親的怒氣隨那句「你這哪是朝山啊？」射向他，羞慚之際師父慈悲說道：「阿翔，這樣睡太辛苦了！」

少年頓感無地自容！

大寳

夏日炎炎，到市郊佛寺幫忙祇園整地除草，其實並不好過。忍下吧！少年如此跟自己說。人家領這個職的師父，都能甘之如飴的修此苦行，自己也不過偶爾隨母親前來，插花而已。

少年頭戴了斗笠，日照仍然不留情，穿透斗笠縫隙，射進一道道超級熱波，頭臉被這一蒸騰，彷如今天早齋吃的冒著煙氣的饅頭。想想在這高溫達三十六、七度的天候，掌理全山伙食的師父們，在爐火前不更是雙倍熱度煎熬，人家都忍得下來，自己難道不行？

不行，一定要忍，要像外公說的，忍人所不能忍。

學堂裡常有愛鬧事的學伴結夥四處作亂，也曾逼迫少年同行，少年牢記父母家人叮嚀，總以搖頭回應，就算惹惱他們捱了拳頭，也是咬牙將苦痛向內裡吞。

想起假期之前，跟著母親回了趟大寮（隸屬原高雄縣，今之高雄市大寮區）外公家，外公見到難得回去的少年，喜不自勝的就要教他忍功、拳法等畢生絕學。

「來，阿清，你來，阿公教你一套拳法，好防身。」

「好耶，好耶，謝謝阿公。」

那些天蹲馬步、練踢腿、左勾拳、右前擊，少少幾招，少年練得可帶勁，心想日後架勢一擺，誰人敢再對他起手動腳？要不，練上一身銅身鐵臂，也好教惡少揮下的手骨疼碎了。

這會兒少年便是寓練功於除草，只見他雙手一推同時向外撥出，畫出一道圓弧線，手過之處，雜草全被他拔除。練了手勁，也就不能荒廢腿功，少年於是俯趴在地，擺出類似伏地挺身姿態，其實是以雙手撐住身體重心，再揮動雙腳勾除雜草亂石。

少年心裡喜滋滋的，今天到後山說是作務，實則演練了拳腳。

想著想著，少年陶醉於自己獨樹一格的整地除草功，腦中閃過的是外公炯炯有神目光，和中氣十足的嗓門。

「膝蓋下壓一點，下盤要穩，腳掌心緊緊貼住地面，要讓人家推不動你。」

「阿清……」

「阿清，你在做什麼？」

「阿清，來喝個水吧。」

小山丘上為植栽澆水的師父，遠遠看著少年，實在看不懂這個十來歲孩子在做什麼，一會兒腰一彎兩手向外一划，再從腋下收回時，便見盈盈一握的小草，那俐落動作還真不曾見過。

才一眨眼沒看他，現在見他如螳螂在地，兩個腳掌翻轉自如，才見他撥動一下，便已踢出一撮雜草，偏偏常來幫忙的義工師姊，今日支援另一個單位，不在此處，不然問師姊便清楚，少年總是她的孩子啊！

少年雖然被母親單獨留在祇園幫著除草整地，看他這樣子倒也自得其樂，三兩下就除了不少雜草，喊他歇息喝水解渴，卻是喊了幾聲沒見回應，師父索性關上水龍頭，走下山丘來到少年身旁。

「阿清，休息一下吧！」師父輕輕說，少年太投入，完全沒聽見。

「阿清，你不累嗎？」師父加了點力，少年這才震醒，一個收腿小蹲再彈跳，便直挺挺立在師父跟前，畢竟年少，略帶慌張靦腆回答，「師父不累不累。」語氣帶點急促。

「呵呵……」

「呃？」

師父笑了，少年如墜五里霧中，右手摸頭撓腮一番，還是丈二和尚摸不著頭緒。可少年又牢記母親教誨，不得對師父無禮，他因此怯怯不敢提問，但看見師父持續笑著，更是好奇。終於，少年鼓起勇氣請問師父，「師父笑什麼？」

「笑你剛剛說的『師父不累不累』。」

「呃？」半晌，少年也笑了，原來是自己的語病。

接過師父遞給他的水瓶，少年恭敬道謝，仰頭咕嚕咕嚕喝將起來。

「你剛剛在做什麼？」師父問少年。

「除草啊！」

「是啦，我知道你是在除草，可是你除草的姿勢跟別人很不一樣喔！」

「嘿嘿……我順便練習外公教我的健身功夫啦！」

「喔，練功喔？難怪才轉眼工夫，就除了這麼多草，不簡單喔！」

「沒有啦，嘿嘿……」少年被讚美竟不知如何自處，又是尷尬一笑，師父一看不禁莞爾，真是一個涉世未深的少年哪！這樣的孩子樸玉一塊，若能好生琢磨，他日必成大器。

師父抬眼看看天色，料想此刻大寮正忙著，這孩子手腳功夫好，讓他去大寮應無妨，一來幫幫忙，二來見識見識。

於是師父自隨身背包取出一便條紙，匆匆寫下數語，裝入一小提袋，遞給少年。

「阿清，這個你拿去大寮。」

少年享用甜美飲水，正渾然忘我時，一聽師父說拿去大寮，心下一凜，這還得了，從後山到前山再下山趕車，一趟路來去，怕不要四、五個鐘點，哪還能幫忙作務？而且，上山當義工的是母親，與世居大寮的外公何干？師父這東西為什麼要送去大寮？

少年甚感為難，躑躅著伸手接或不接，師父見狀，看出少年的猶疑，輕聲問道：「怎麼了？」

「師父，為什麼這物件要送去我外公那兒？」

「你外公？」

「是啊，師父剛剛說送去大寮。」

「哈哈……」這次師父笑得比方才有過之，少年的疑惑全寫在兩道糾結纏繞如毛毛蟲的眉。

「我說的是山上的大寮。」

「山上的大寮？」少年依然迷惑。

「是啊，佛門裡大寮就是廚房。」

「喔，原來，呵呵……」

領悟

「黑甜仔，你是死去哪裡了？」

「噢，來了。」

「叫你快來收拾，你還偷懶，小心不給午飯吃。」

閔家主母廚房外不留情的喊叫，季姿子一刻也不敢遲疑的，放下幫浦下洗了一半的衣服，噙著淚水，雙手邊在縫補得滿是補丁的褲子上抹一抹。

趁隙心裡浮起的委屈，只能忍住那酸味唾液，再往咽喉嚥下。

怎會這麼歹命哪？爹啊，娘啊，你們怎這麼忍心？

六歲來到閔家，一年年拖磨，每日每夜忙不完的事，季姿子根本沒空去想她的爹娘，那影像早模糊得湊不完整了。

唉！我這是什麼命哪？還想，再想就來不及去收拾飯桌了，她可不想再沒午飯吃啊！

季姿子無奈地甩甩頭，小跑步地忙進了廚房，她得快快收拾閔家人吃得杯盤狼藉的桌面。桌面上的碗筷東倒西歪，一隻碗裡還黏著幾粒米飯和一坨糜漿，她是早飯也沒吃，這會兒肚子餓得咕嚕咕嚕叫著，顧不得那碗裡殘留了誰的口水，季姿子捧起碗呼嚕呼嚕吞下肚。

啊，真香啊！

可才只能吃上這麼一口人家吃剩的冷粥，一時間，自憐的心緒又起，忍不住眼淚撲簌簌地流了下來。

「不要哭，勇敢一點。」

誰在說話？

季姿子凜了一下，下意識的背僵直了起來，從來沒有人對她說過這樣鼓勵的話。

季姿子左右張望了半天，大宅北角的這個廚房裡就她一個人，其他什麼也沒看見，這聲音會是從哪裡發出來？

到閔家來已經五年了，從沒有人會這樣對她，今天莫不是餓過頭、自憐過了頭，人都恍神了？

季姿子回頭想找出聲音來源，回頭一望，眼前是有個人，不是她幻覺。

「呃？你是誰？」

透過迷濛淚眼，季姿子也還知道自己從沒見過這個人。

是哭花了眼嗎？季姿子提起手臂，胡亂抹了一把臉，把眼睛上那一片水簾揮掉，再仔細一瞧，嗯，確實不曾見過這個人。而且，這個人還是個唇紅齒白、俊俏英挺的美少年。

這一看，季姿子羞紅了臉。

噯？不對呀！養父一家大大小小，季姿子都認識。她從六歲進了閔家大門，到這時十一歲了，怎麼會今天才突然多了眼前這個人？這個人到底是什麼人呢？

季姿子睜著一雙骨碌碌的大眼睛，眼神雖不是害怕，但卻填著滿滿的驚異。

「別驚慌，季姿子。」

「……」那人聲音溫和，季姿子的確緩和了一點緊張感，可她還是說不出話來，這人怎麼知道她的名字？

「勇敢一點，我幫你。」

「幫我？」季姿子心裡納悶這人為何要幫她。

一早聽見阿娘呼喚季姿子做事，看著季姿子緊急向廚房跑來的閔大少，跟著季姿子身後踅進廚房想藉機調戲季姿子。可這會兒卻聽到季姿子要他幫她，搞什麼鬼？這小童養媳向天借膽啦！

閔大少怒氣沖沖跨進廚房。

「死黑甜仔，要我幫你？你有沒有搞清楚啊？你是我家養女、童養媳，你向天借膽，要本大少幫你……」閔大少心眼裡想著，就用這般兇悍淫威口吻說話，不怕長得黑甜的季姿子不屈服？

閔大少說著作勢一巴掌就要揮下來，季姿子本能做出準備抱頭鼠竄的動作，閉著眼還是害怕承受閔大少揮下的巴掌，雖然她不是沒受過，但還是畏懼。

萬萬沒想到，閔伯一那一隻揮到空中的手，在距離季姿子臉頰十公分處，突然間似被高手給架住般動彈不得。

呃？怎麼會這樣？

閔伯一使勁要脫離那種困窘，他扭腰左右使力，儘管整張臉都已漲紅，還是化解不了，驀地他驚慌了起來，開始語無倫次了。

「黑甜仔，你搞什麼？放開我的手。」

「黑甜仔，我怎麼會這樣？」

「黑甜仔，去叫我阿娘來啦！」

原是閉眼等著一場無情毒打的季姿子，被閔大少一聲比一聲軟弱無力，一句比一句包含更多恐懼的聲音搞混了。她睜開眼，看到眼前一幕，也震驚得張口結舌完全說不出話來。

怎麼會這樣？這個看似文弱的少年，其實是有功夫的人？

方才要她勇敢一點的那個少年，正以他右手兩隻手指架住閔大少的右手，他是一派優雅，還面帶微笑，向著正看著他的季姿子頷首，同時輕輕說了句，「這人太囂張，欠我教訓他啦！」

呃？季姿子慌得看看閔大少，他絲毫沒有聽到第三人聲音的反應，看樣子是只有她聽得見這個人的聲音、看得見這個人身形，閔大少是聽不到的，甚至感覺不到有這個人的存在。

那……這人……不是人囉！

是妖？是鬼？這一想季姿子嚇得花容失色，一張臉漸是轉成白色，還不斷自額上沁出汗珠。

閔伯一本就對解釋不來的事慌張，現在再看到季姿子那恐懼模樣，想來她也被自己被定住這一幕嚇壞了。

究竟這廚房裡是出現了什麼？閔伯一越想越是懼怕，使盡全身力氣終於能開口，想也沒想便竭力嘶喊一聲，「黑甜仔，妳是看到什麼了？」

「大少爺，你……」季姿子說不完整一句話。

「夭壽喔，這麼大聲，耳膜都快震破了。看到什麼？就是看到你這副鬼模樣啦！」

毫不費力就架住閔伯一的這少年，喃喃自語的同時，也情急的收回雙手摀住自己的耳朵。就因他這一放，閔伯一踉蹌了一下，險些向前摔下地，不過他倒是靈活，後腰一使力，上身微微後仰，危險關頭上站直了身子，四肢經這一動也恢復靈活了。

但方才閔伯一那一聲劃破天際、驚天動地的淒厲叫聲，卻是把閔家上上下下全引到廚房來了。

為首的是閔家主婦，一腳剛要跨進廚房，正是看到他的寶貝兒伯一踉蹌的一幕，再看那膚色雖是偏黑，卻也長得甜美可人的季姿子冒著汗的發白臉頰，心想莫不是兒子趁她不注意就摸進廚房調戲黑甜仔？

閔家主婦一想，心裡打了個寒顫，她雖是掌理一家大小食衣住行諸事，但黑甜仔日後將與她哪個兒生米煮成熟飯，可不是她作得了主的。

當初老太太作主把黑甜仔買進來，登記在自家戶籍裡的身份雖是閔家女兒，但全家上上下下都知道，黑甜仔將來是要和伯一送作堆的童養媳。可是這兩年老二仲二染上不知名怪病，閔家老奶奶於是改變了初衷，希望明年裡尋個良辰吉日，讓黑甜仔和仲二圓房，好沖沖喜。可閔夫人也清楚，只比黑甜仔大一歲的么兒叔三，打從黑甜仔來到閔家他就嚷著要把黑甜仔納做媳婦。

在一切還沒定案以前，閔夫人是不許黑甜仔出錯的，否則連她都難過老奶奶那一關。

可是罪過也不能自己的大兒子來擔，這一切還不都是因為黑甜仔沒事長成桃花樣，才會惹出這一些困擾。

「這是怎麼了？黑甜仔你說？伯一為什麼來這裡？」

「我……」

「唉呀，怎麼全都往這兒跑來？」少年放下摀著耳朵的手，被這一堆雜沓聲音搞迷糊了。

伯一看到母親領著一家人都到這兒來了，立即懊惱自己方才喊出那一聲壞了事，現在什麼都沒得玩了，甚至有可能引起奶奶的責備，或是弟弟的恥笑，想想還是溜之大吉，因此他支吾道，「沒……沒什麼，我正要走了。」

話才說完，伯一推擠過眾人一陣旋風似地就不見人影，殘留許多疑問在眾人心中。

「伯一，你慢點走，到底……」

「伯一啊，奶奶問你……」

「大哥，你有沒對黑甜仔怎樣了……」

叔三到底是伯一的同胞弟弟，大哥有些什麼壞心眼，他心裡可清楚了。大哥在黑甜仔收拾餐桌時溜進廚房，還不就是想染指黑甜仔嗎？這個大家都心知肚明的壞胚子，奶奶和母親問話卻還是那樣閃躲遮掩，叔三想了就氣，就算大哥落慌而逃，他還是要直指問題核心。

「叔三啊，你怎麼這麼說？你看黑甜仔有怎樣嗎？」閔家女主人喝斥閔家老三，她心裡盤算的是，要怪就怪黑甜仔，誰讓她生得桃花樣，讓這家裡的少年都想吃她一口。

「娘，大哥會做什麼事？您心裡有數。」

「有『樹』？我還『種花』咧！」

「娘……」叔三拿自己的娘沒輒。

原是讓那搞怪作弄閔大少的少年給嚇得臉色發白的季姿子，在看到少年搗著耳朵的發噱模樣，稍是覺得有趣一股笑意就卡在喉底，這是因為閔家大大小小齊往廚房來的陣勢，讓季姿子無端害怕起來，不知道閔家奶奶和養母又要怎樣誣陷她，她早已是顫巍巍的抖著。

倒是三少爺為她挺身而出這一幕，讓她心裡生起一股溫暖。

這大宅裡就屬三少爺和她年齡最相近，也是三少爺最同情她的遭遇，如果可以自己安排生活，季姿子最希望能跟三少爺這樣仁慈的人做朋友。

但是季姿子也有幾分自知之明，養女的她如何能自己做主？又如何敢妄想飛上枝頭，與三少爺平起平坐？

季姿子擔心和害怕的神情看在少年眼裡，分外不捨。自己本意是來廚房要幫季姿子，如果反而因此害了季姿子被責怪，季姿子會如何看他？也不過是個三角貓功夫的貨色罷了。

不行，忍了這麼久才現身，怎能壯志未酬？

這麼一想，少年立時不作二想的往眾人面前一站，季姿子看得更是惶恐，眼神裡夾雜各種無法說明的情緒，總括一句就是驚異。

他到底要做什麼？

這個早上因為他來攪和，已經把大少爺折騰半天了，這下子他又想對奶奶、養母她們怎樣啊？他是想把我害死嗎？

「放心，我保護你都來不及了，怎會害你？你別怕，看我的。」

呃？這下子季姿子更是驚惶。

季姿子不過在心裡想著，這少年便如有他心通似的輕易便察覺，他頭也沒回的往閔家人堆裡推去一陣掌風，順便丟了句話給季姿子，季姿子更是慌得手足無措。

不過半晌。

「呃？」老奶奶似是打嗝的出了聲，閔家主母則是接下去說了，「呃？阿娘，咱是來這裡做什麼？」

「對喔，我們跑來廚房做什麼？家事有黑甜仔做就好了，她會做得好好的，不必監督的。」老奶奶再說。

「呃？你們也都跟來，幹什麼？大家都吃飽沒事做呀？」閔夫人回頭還唸了跟來看好戲的家人一句。

「大家走吧，讓黑甜仔好做事。」老奶奶撥撥手。

「是，阿娘，來，您老慢慢走。」

這一切轉變得太突然了，季姿子看得傻眼，一票人匆匆而來又匆匆離去，剛剛發生的事好像大家都失了記憶。

這到底是怎麼一回事啊？

季姿子還搞不清楚是什麼情形，閔家人就由奶奶領頭魚貫走出廚房。

之後，那少年回轉過身子，慧黠地對季姿子微笑。

其實，他的笑容讓季姿子如沐春風，季姿子很想放任自己陶醉其中。季姿子才剛要揚起嘴角，回敬少年一個微笑，忍不住還是想起了這少年來路不明，而且還意圖不明，於是硬生生把那朵將綻開的笑容給斂住了。

「放輕鬆，要笑，就笑出來，不然會得內傷。」

「呃？內傷？」只不過沒笑出來就得內傷，那我在這閔宅裡已經五年笑不出來了，不就早傷得五臟六腑都碎裂了？季姿子這麼想。

「你啊，這裡面早就傷得很嚴重，不要再加重啦！」他在自己的胸前比了比，意思是季姿子的傷痛他明白，「你別怕，我是來幫你的。」

這是他說了好幾次的詞，究竟要怎麼幫我啊？季姿子很想開口問他，可是素昧平生，尤其還不知這美少年是妖或鬼，更不能掉以輕心。

「怎麼幫你？我自然有方法的。」

真是可怕，連人家心裡想些什麼他也知道，還真是不能胡亂想呢，季姿子摀著胸口顫慄。

「呵呵，當然是不要亂想的比較好啊！」

啊？連這點心思他也透析，那以後……

「別緊張，沒那麼可怕。」

這樣已經夠可怕了，他還要怎樣？

季姿子僵在那兒，一動也不動的，其實是她不敢動，連腦袋也完全放空，什麼都不想，實在是害怕被眼前這有超能力的少年給看穿。

「好好，我先鎖住他心通能力，你想什麼我都不知道，現在你總可以動一動、說說話吧！」

季姿子黑又亮的眸子不停轉動盯著少年，眼神裡流露的是，他說的話可以相信嗎？他真的猜不出我在想什麼了嗎？這到底是不是真的？

「欸，你別怕，我是後院那棵榕樹，你常常靠在我身上向我哭訴，現在我來幫你，難道你不喜歡？」

屋後大樹？那他是樹精囉？

季姿子還是睜大眼看他，一句話也不說，倒是心裡悄悄想著，這個看上去十四、五歲的少年，倒還有點小可愛。

「欸，你到底是怎麼了？不動也不說，真急死人了。」

嗯，看樣子少年真的鎖住了他心通的能力，真不知道我在想什麼了，季姿子想到這兒禁不住唇角一勾微微笑了起來。

「對嘛，這樣就對了，你要常笑，才能忘記生活的苦。」

突然被不認識的人，喔，不，是樹精，這麼讚美，季姿子臉上浮起一片紅雲，更添幾分美麗。

「來，我教你簡單幾招，以後你好保護自己。」

「現在我得忙了，待我忙完，我再去後院找你。」

「說的也是，該忙的活兒還是得盡力去做。」美少年喃喃自語道，「那我先回去，你就像往常那樣，尋個空檔就來我那兒。」

「嗯。」

那之後，季姿子得空便往後院大榕樹跑，或坐或靠或立，無論是微風飄來，或是吹起一陣狂風，季姿子都在風聲裡聽見樹精的武術指點，迴身、下腰、提掌、踢腿。

季姿子在練了幾回之後，有個午後忽起狂風暴雨，她從廚房小窗看向遠遠後院，那顆樹任失禮的風無情掃來掃去，任那粗針般雨串粗魯錐刺襲擊，依然直挺挺立在他原來所在。

因為這個發現，季姿子有所領悟，原來生命是因各種打擊，而越見淬練精華。大樹時不時都得迎上風雨摧殘，可生命力的茁壯，也在每一場風雨的洗禮之後，逐漸累增。

那麼，自己呢？

會幾招花拳繡腿，學了粗淺防身招數之後，想來，更深的應對進退才是真功夫。

飛拳

序幕

窗外天色一分分轉成魚肚白，空氣裡透出一絲清涼。

隔著厚重窗帘，屋裡仍然灰暗，單人床上仰躺著大威，在哥哥推門進來時，勻稱的鼻息忽然就轉為濃濁，胸膛起伏頻率也加快起來，還時而皺眉，時而癟嘴，再兼揮手與踢腿。

大威那扭曲變形的身體，教奉媽媽之命來喊他起床的大倫，直想發笑，這小子睡相真難看。

天，瞬間大亮，從外面射進屋裡的強光，教大威反射性的瞇了眼睛。

立在窗邊拉開窗帘的大倫，斜睨著床榻上的大威，心想，這下你該起床了吧！誰知，瞇了眼的大威，咿哦了兩聲，還是那副睡死模樣。

大倫真是佩服大威的睡功，可還是得完成媽媽的交託，才要彎身要拉他起來，大威便先一步扭動雙臂，那樣子像是打算掙脫。

大倫愣住，這頭小睡豬，可是預見了我要拉他起床？或者根本已睡醒，只是賴著不起來？

哼，要是這樣，看我如何治他？大倫抿嘴笑笑。

停了半晌，大倫喊了一聲「大威，起來。」床鋪上那人不為所動，照樣睡大覺。

為這豬一般的弟弟，大倫深深嘆了一口氣，可他清楚自己沒讓聲息鑽出雙唇，卻結結實實聽見一聲不小的「唉」在房裡響起。

大倫心中一凜，汗毛將要豎起時，熟睡中的大威又連唉了兩聲，大倫啞然失笑，也解除了恐怖之感。可他還是有些疑惑，大威究竟在做什麼？他看見大威的四肢靈活的或擋或推或踢或拐，正在空中舞弄不停，唯他的背宛如沾了黏膠似的，牢牢貼在床鋪。

大倫終究是看明白了，沒錯，弟弟應是在作夢。旋即又想，弟弟究竟做著什麼春秋大夢？簡直練武嘛！

哼，夢什麼夢？都什麼時辰了，還是快點叫醒他吧。大倫這麼想著，剛伸出手要拍醒弟弟，突然，大威右掌一握右臂一伸，斜向右上方狠狠推去，大倫來不及迴避，右臉頰正是接下這飛來的一拳。

「呃？」大倫撫著微微痛楚的臉頰，憤憤的看著睡夢中的弟弟，心頭發著怒，被動要人叫起床的臭小子，真是欠揍。

大倫因著心裡的一股氣，提掌起來向著大威左大腿用力打下，隨後頭也不回的推門出去。

「唉唷！」被大倫一拳擊中的大威，哀叫一聲，翻個身繼續睡著。

——簡直是，目中無人

「欸，來。」

「……」

「看啥看？就是叫你，過來。」血氣方剛少年惡聲喊叫。

「……」男孩是收撿破爛的簡奶奶孫兒簡值適，個性憨直，一聽有人喚他，不疑有他，沒應聲便上前去。

藍尚天從小看著父親在道上逞兇鬥狠，進入青春期後，模仿起大人，也領了兩個拜把兄弟傅宗潼和關奇萊，自號三少黨，可卻總是四人同行，因為藍尚天十一歲大的弟弟藍尚文，視哥哥為偶像，也跟著混在一起。

這日午後，一行人翹課到處閒晃，晃到之處學子均紛紛走避，直到茅廁前，撞見一落單矮個頭男孩，藍尚天見他可欺，叫住他想強索幾個錢子花用。

「身上的錢拿出來。」藍尚天大剌剌伸手說道。

簡值適一聽忙搖頭表示沒錢，卻被三少黨諸人解讀成不願意。

「要你拿幾個錢子讓我大哥花花，你不肯？」闞奇萊說時皺起鼻頭，一臉凶相。

簡值適害怕惡人，猛搖頭。

「有種，敢反抗我藍尚天。」藍尚天拍了簡值適的肩，再問道：「說，你叫什麼名字？」

簡值適被這一拍已嚇住，就連喉嚨都卡住了，「呃……」

藍尚天沒耐性，大吼道：「呃什麼呃？快說，你叫啥？」

簡值適向來膽小，被這一吼更結巴了，「你……我……簡值適……」

「什麼？」藍尚天沒想到眼前這縮成一團直打哆嗦的憨仔，竟敢如此不把他看在眼裡，出其不意給了他一拳，「你這臭小子眼裡還有沒有我？」

「唉唷……」簡值適撫著被捶痛的上臂。

「叫什麼叫？我大哥問你名字，你竟敢耍嘴皮？」簡值適報上的名字，讓闞奇萊大不悅，他再啐聲道：「呿，你沒把三少黨放在眼裡？媽的。」

又是一記實拳下去，簡值適痛得眼冒金星，實在不明白自己招誰惹誰了？他雙手抱頭想鑽出重圍，卻被另一隻手提住衣領，宛如一隻待宰小雞。

抓住簡值適領口的是三少黨小跟班藍尚文，雙手交疊抱胸，抖著右腿訕訕說道：「想跑？你跟天借膽啦？」

「老大，這臭小子敢不奉上錢子孝敬你，還耍花樣，我看沒打他一頓，他是不會乖的。」三少黨第三員傅宗潼也圍上前，向首腦藍尚天請示。

「對，他敢不把大哥放在眼裡，簡直是目中無人，還跟他客氣什麼？」闞奇萊再落井下石一番。

簡值適囁囁道：「……我……就簡值適……」

藍尚文一聽更加火大了，大吼道：「你減直式？我還加橫式咧！」

「厚，真欠打，我說你簡直目中無人，你還跟著說簡直是？皮真癢喔！」關奇萊再一陣火上加油。

藍尚天沒下令，幾個手下都不敢貿然動手，眼看個個情緒越來越激昂，這才威風凜凜發聲道：「嗯，就給我好好的打。」

三人接到命令，相互眉一挑鼻一皺眼一瞟手一抬，不由分說便揮拳揍人，一時間打人的喊聲和被打的哀嚎聲不絕於長廊。

「打。」

「唉唷，唉唷……」

「叫？再叫？給我用力的打。」

「唉唷，唉唷……」

二　真大尾，英雄救美

「呃？」

連聲而來的喊打聲，和那一聲慘過一聲的哀嚎，嚇住了原本腳步輕快趕著去茅廁的大威。

「發生什麼事了？」腦中冒出一堆問號。

東張西望間，隱約瞧見座落在學園北側角落的茅廁前方，幾個人正猛力揮拳向中心攻擊。

當下悚然一驚，朗朗乾坤學園，竟也有幫眾鬧事？

這個念頭閃過大威大腦時，氣若游絲的哀嚎聲，也不斷的傳來。從那和他一樣還沒變聲的音質判斷，挨打的應是和自己年紀相仿的男孩，當下更是緊張。

「慘了，我可不要也遇上霸凌才好！」

大威害怕自己也遇上惡霸，趕緊俐落擺動手腳，兩隻原是宛如安了烽火輪的腳，在收到顱內傳達的「閃避」訊號後，很快的自體內產生力道將脊骨橫壓，上半身即刻後仰，兩條腿同時也使勁，利用腳後跟緊緊扣住地面，使之不再往前挺進。他同時翹起鞋尖，僅以鞋跟和地面摩擦，硬是讓自己在最短的時間裡完全煞住，然後再將身子一歪，就近躲在距霸凌現場最近的一根石柱後。

想到惡少，大威餘悸猶存。

前年被鄰村小孩打得頭破血流的記憶猶新，現在想起，禁不住還是咬牙切齒了起來。

那回是為了替被捉弄的小瑩兒出一口氣，才被三個牖黑壯碩的村野孩童圍毆。

「小銀兒、小金兒，你要金？還是要銀？」

「呵呵，我要金也要銀。」

「你倆誰都別想，她就當我女友吧！」

三個鄉野小孩將小瑩兒團團圍住，又哼又唱還帶起手動腳的，小瑩兒氣呼呼鼓著一張臉，不知如何殺出重圍。

大威遠處便聽見這些對小瑩兒的輕薄，捏緊小拳頭飛奔了來，還沒能有機會揮手出拳，連那句「你們要做什……」都還沒完全說出口，就讓其中一個孩童當胸一撞給撞倒在地，掙扎半天站了起來，後腦已然腫了一個大包，手一抹還抹下些微血絲。

大威又氣又惱，捏拳如絞毛巾，恨恨的怒瞪一字排開的村童，明明還沒站定，也沒裁判揮手下達開始令，對方竟然「偷吃步」先下手，怎麼有這樣不講理的人？大威想著就生氣。

「還沒開始你怎可先推人？」大威質問撞倒他的村童。

那村童回道：「呵呵……笑死人了，打架還要數一二三開始打啊？」

另一個笑道：「哈哈……蠢蛋。」

第三個也跟著大笑：「笨死了，不會打架，還想救人，逞什麼英雄？」

村童的輪番譏笑，大威氣不過，一股氣竄上來，出其不意就揮了拳，但力道之小，和拍打蚊蠅不相上下，挨了拳的村童文風不動。

大威突然出手，三個村童都視作被挑戰，六隻眼睛輪番一瞟一睨一眺一睇一覷一瞪，不約而同便帶起六隻手，呼呼出拳如擊沙包。

一切發生得太快，大威被打得招架不住，連爹爹「君子動口」的教誨，都成了腦海彈跳球，蹦蹦跳開，沒能聚焦想出一句抗議的話來。

結果是，為了自保只能做出唯一反應，抱頭左右閃躲。

不過，縱使挨拳挨得莫名其妙，大威也不求饒，小瑩兒就在一旁，他無論如何都不能讓表妹看他笑話。

三個村童六隻拳，暴雨似的不住搥打在大威身上臂膀，每一記都疼進骨子裡。

「君子也該適度反擊吧？」心下閃過這一念時大威已經忍無可忍了，雙手往上一架，將再要落下的拳全抵了回去，他自喉底發出一個「啊——」淒厲鳴叫聲，那哀嚎震得三個村童掩耳不忍卒聽。

大威氣極了，使盡吸奶力氣，緊閉雙眼，拚了命輪番出拳揮打。左拳右拳「咚咚咚」的猛敲，一如娘在砧板上切碎菜肉那般，毫無章法。

一個村童嘴角不慎被大威揮中，擦出一道裂縫，鮮血汨汨流出。村童以手背擦去鮮血，視作稀鬆平常，只是掛彩心有不甘，惱羞成怒下，面目更是猙獰。

另兩位村童看到同夥受傷，快速互使眼色，欲聯手以更粗暴的拳腳對付大威。血教小瑩兒心慌，何況還看出三個精壯男童心懷不軌，她害怕三人聯手蠻力出擊，會對大威造成大傷害，靈機一動忙用手掌圈嘴大喊：「大人來了、大人來了！」

一夥小鬼頓了一下，才哄的做了鳥獸散。

臨去前一個村童別過臉，咬牙切齒說道：「好，你真大尾，咱走著瞧！」

「呃？他怎知我的姓名？」大威愣住。

村童散去，大威停下手腳，這才感到氣喘吁吁順不過氣來，腦子的疑團還沒解開，先東張西望尋找救援的大人。

大威問道：「大人在哪裡？」

小瑩兒回道：「我騙他們的。」

大威一聽，是該讚許小瑩兒善用巧計？還是該擔憂？如果村童發現受騙再折返，他和小瑩兒一定脫不了身的。

顧不得一身疼痛，大威拉起小瑩兒的手急促說道：「我們回家吧！」

小瑩兒上前扶住站立不穩的大威，輕聲道：「威哥哥，我扶你。」

大威為顯英勇撥開瑩兒的手堅持自己行走，卻是一個踉蹌，左膝一軟，單腳長跪在地。

「怎麼了？威哥哥。」小瑩兒跟著跪下傾頭探問。

「沒什麼，我繫好鞋帶。」大威趕緊做個繫鞋帶動作矇混過去。

瑩兒看著四肢多處破皮滲血的大威怯憐憐說道：「威哥哥，你流血了。」

大威還想逞英雄氣概，已是顫巍巍的人還是硬挺直身體，並且豪氣說道：「那沒什麼。」其實骨子裡疼得要命，硬是咬著牙忍住顫抖。

回到家小瑩兒將一切細說從頭，大倫未曾關心先揶揄道：「大威，英雄救美喔！」

小瑩兒就算年幼，也聽得出大表哥話裡的戲謔，不等大威反駁，她先長輩面前告狀：「都是倫表哥不陪人家去書鋪，人家才會遇到壞村童，還說咧！」

大倫被這一說好不尷尬啊！

三　霸凌風，如何圖治？

大威因為身形瘦削，向來膽小，此次會與人鬥毆，大出家人意料，母親尤其擔心他一身的傷。大威卻是因小瑩兒就在一旁，為顯勇猛，強忍著傷口痛楚，皺著眉誇大自己的作為。

「我是和村童搏擊，以一抵三呢。」

「搏擊？一抵三？哈哈……」姨母和姨父聞言笑了。

曾母忍不住也笑著說道：「你呀，這是不自量力，以卵擊石。」

大威不以為然應聲道：「哪是？」

「大威啊，你也不掂掂自己的斤兩，瘦皮猴一隻，還敢跟那壯得很的村童搏擊？俗話說『猛虎難敵猴群多』，兇猛的老虎都敵不過一大群潑猴了，你一隻小瘦猴逞什麼強啊？」母親再叨唸。

「娘……」被說成小瘦猴，大威當然不依。

哥哥見機不可失，火上加油大大損了他一頓。

大倫道：「是嘛，英雄救美也得看時機。有道是『英雄造時勢、時勢造英雄』，一看時機不對，三十六計走為上策，瑩兒拉著就回來，也不會被揍得像豬頭。」

「你……」大威實在生氣哥哥的風涼話。

曾父則是一旁看著聽著，久久都沒做反應，曾母於是問道：「孩子的爹，你倒說說這可怎麼辦才好？」

「什麼怎麼辦？」

曾母瞅著曾父，大有怪他還得她說得明白，只得再說道：「威兒遇霸凌的事啊！」

「經一事長一智。」

聽裡眾人皆露出不可置信神情，曾父話鋒一轉看著滿身是傷的大威說道：「我想威兒從這事件一定學到了智慧。」

「爹到底在說什麼啊？」大威微仰著頭、略皺著眉，年幼的他不全然明白父親的意思，他還得多想想，或許真能從中學到點什麼。

大威到底是母親懷胎十月產下的孩子，今日看他無端遭人打了一身是傷，想了便心痛，大嘆了一口氣後提出了建議。

曾母以感嘆口吻說道：「孩子的爹，我看這地方風氣不甚良好，咱們還是遷到別處吧！」

「遷居？」姨母和姨父不約而同說道：「我們才剛從北都遷來呢！」

曾父順勢說道：「是嘛，不需要為了這等小兒之事就搬遷處所吧？」

曾母則是振振有辭說道：「孔老夫子都說過『里仁為美，擇不處仁，焉得知。』咱們若不選個仁美之地當作居所，會是大不智呢！」

姨父姨母對看了一眼，深深不以為然，姨父代表說道：「我們可有智慧唷，這兒不錯，我們一家才搬來的啊！」

曾母瞬間滿臉通紅，喉頭彷彿被堵了什麼似的開不了口，大傷腦筋之餘只好搬出孟母三遷故事說道：「人家孟母為何三遷？還不就是為孩子選擇一個好的環境？環境對一個人的影響之大由此可知。你自己也讀過這記載，又不是不知道，怎麼，你就不願意做個為子遷居的好父親？」

曾母說法固然可取，但曾父總覺得人不能受役於環境，而是要去經營合適的環境，長者理應以更大的包容、更多的耐心，去關照那些行為失序的少年。

少頃，曾父故意戲說道：「若照妳這樣說，我豈不也得來個『曾父三遷』？」

曾母一急忙自清道：「唉唷，孩子的爹，誰讓你三遷了？希望我們一次就能選定一個好環境，然後世世代代都在那兒生活。」

「一次就選定一個好環境？那咱世居此地，不是因為先祖說此地是鳥語花香、人情溫暖的好居處？」

「這……」曾母啞口無言。

曾父語重心長道：「環境是會變的。」

大倫故意以大威名字諧音搶白道：「是啊，娘，你要擔心的是大威別成大尾就好。」

曾母道：「呿，別胡說，你弟弟才沒那惡膽呢！」

曾父宅心仁厚說道：「我說孩兒的娘啊，這世間何處沒有歹人？若是為了避歹人遷居，要遷到什麼時候？再說惡少也非生來就立志為非作歹，他們或是孤寂無人關愛，或是無知受人影響，或是誤將霸氣做義氣，他們多數欠缺安全感，為自我防衛，先一步虛張聲勢而已。」

金瑩父親認同這番說法，於是加入說道：「連襟之說有理，有些孩子自幼受虐，他所學得的便是暴力相向，他們甚且不認為自己的所為是違反綱紀，現下當務之急，是由教育著手，凡所有長者均有責任義務教導下代子輩，只要能做到孔老夫子說的『道之以德，齊之以禮』，自然就能『有恥且格』。」

金瑩母親雖是女流，且自己撫育的是女兒，卻絕無其姊過度的憂心，在丈夫與姊夫一番論述之後，她接下去說道：「是啊，姊姊，遷居只是消極逃避而已，並非有效的解決之道，我們理應由正面尋求積極對策才是。」

金瑩父親見妻子如此識大局，面帶笑容道：「夫人此說甚是，倘使這些行為偏差少年能有正面引導，霸凌事件或許也不至此。」

曾母一聽反唇問道：「妹夫，你以為你有能力勸化這些惡少？」

金瑩父親忙回道：「凡我長者皆有義務。」

金瑩母親順此說接續再說道：「縱觀現今學園霸凌之風，諸多起因，對治之法，不在一人，也不僅在衙門學府，是咱所有為人長者需正視之事，究竟咱這些成人營造了怎樣的社會，竟誤導少年如此之大？」

曾母以一對三，大有無力回天之感，正消沉時，曾父轉個彎說道：「少年人血氣方剛，只服他們服氣之人……」說著說著，話鋒一轉說道：「我看還是讓大威去學個武，好強身自保。」

「練武？」

「是啊，看是練套拳法，或是學個劍術什麼的，這樣他出門，妳也才不會鎮日提心吊膽。」

「呃……」曾母沉思許久，不知該不該答應？

四　欲加罪，何患無辭？

大威遭惡少欺凌一事，在他心裡留下極深陰影，尤其是當著金瑩的面被揍成豬頭，想起來就惋歎自己無能。

父親提過的練武，他遲遲不敢應允，怕的是武館道友們不長眼的拳頭。

這事大威傷神許久，自知早晚逃不過，有時趁家中無人，自己先擺出練拳架勢，可總覺得自己兩隻拳像鬆軟的棉花，彈不出拳手的剛毅與氣魄。

這一日大威在自家前院裡又蹲馬步又雙手抱拳，正是雙掌一擊喃喃自語時，恰巧住在後街小巷的金瑩推門進來，滿心關懷問道：「威哥哥，你好點沒？」

大威宛如秘密被窺探似的，口氣不甚好的回道：「別喊我威哥哥，又不是小時候，都多大了，還一天到晚威哥哥叫個不停。」

金瑩噘起小嘴道：「人家好心問你好，你倒凶起人家，哼，不給叫威哥哥就算了，誰稀罕嘛！」

金瑩氣鼓鼓的往一旁搖椅坐下，微仰著頭瞅著大威，心頭捉摸著：「威哥哥是怎麼了？他不是就疼人家的嗎？不然他幹麼為人家捱村童的打？」

幾日前為她解圍出手，以致被毆成傷，這事她在學堂裡還說給鄰人好友司帆采聽，惹得司帆采和她一齊崇拜起大威來了。

金瑩猛睇著大威，大威倒有幾分心虛：「阿瑩到底在看什麼？目不轉睛盯著我看，她是看見了我在練拳？」

正當姨表兄妹分別想得出神時，金瑩好友司帆采也隨後蹦跳而來，手裡還托著一隻小碟子。見了金瑩，瞄著大威，口裡喜滋滋說道：「金瑩，妳來看，我這兒一道好吃的點心唷！」

大威隨口說道：「去啦，私房菜來找妳了！」

金瑩一聽大威喊她好友綽號，無來由的心生一股氣，故意一腳踩過大威腳盤，再斜睇大威一眼，怒道：「哼，你跟那些臭男孩有什麼不同？」

「呃？」大威沒想通一臉莫名其妙。

金瑩故意拉長采字字音道：「她是帆采——」

大威再鈍也馬上明白，原來阿瑩踩他瞪他，是因為他喊了人家綽號，當下赧然「嘿嘿」了兩聲，再看向司帆采手上的小碟子，上頭是三粒黃澄澄珠圓玉潤的肉丸子，別有風味，那股混合芫荽的香氣，教人禁不住口齒生津。

眼看大威右手一提，姆指食指已做出取丸子姿勢，金瑩一個快步擋在前頭，再右手一帶，把司帆采拉到她的身後。

背向司帆采，金瑩說道：「帆采，不要給他吃妳的好點心，他不配。」

大威一聽，擋住兩人去路再怒道：「什麼『他不配』？我可是妳的威哥哥喔！」

金瑩笑道：「哼，不是要我不能喊威哥哥的嗎？」

大威一時語塞，滿臉通紅，但想起令他垂涎的肉丸子，撓撓腮低聲下氣問道：「怎麼說我不配？」

帆采也大感疑惑，金瑩向來崇拜她二表哥，今天堂姊來玩，特別做了「東坡繡球」，她想到金瑩對二表哥好，才多夾了一粒過來，怎的這會兒，金瑩說二表哥不配。

「是啊，金瑩，為什麼妳說二表哥不配？」

金瑩振振有辭道：「誰讓他跟學堂裡那些搞怪男孩一個樣？」

大威覺得金瑩這麼說是「欲加之罪何患無辭」，他自己吃過惡少的虧，怎會去學他們？他反駁問道：「我幾時為非作歹了？」

金瑩聞語訕訕笑道：「哼，俗話說『細漢偷挽瓠，大漢偷牽牛』，你現在就學著用綽號取笑帆采，再長大一點，就不知你會怎樣做壞了？」

天哪！不過是喊個綽號，竟就被表妹貼上「搞怪男」的標籤，大威心想有這麼嚴重嗎？

帆采瞅了大威一眼，為他說項道：「金瑩，不會的，妳不是說過妳姨父為二表哥取名『大威』，就是期許他能長養浩然正氣，能有大威儀嗎？」

金瑩因在氣頭，什麼話都聽不進耳，她哼道：「誰知他將來怎樣？光是現下就快成惡少了！」

「不會的，二表哥也不過是喊我私房菜，又不會少我斤兩。」帆采眼珠子滴溜溜的，一下看著手上小碟子，一下又看看金瑩和大威，末了再說道：「其實我還滿喜歡『私房菜』這個別名呢。」

大威以為得救了，不禁笑出聲音，他道：「呵呵，妳看，人家私房菜，喔，不，司帆采都不計較了，妳計較啥？」

金瑩實在不懂男孩的想法，要她，就趕快謝謝帆采「大人不計小人過」，哪還會像大威這樣得了便宜還賣乖？

反正這時她是不想讓大威再有機會覬覦帆采碟子裡的點心，遂小心翼翼拉著帆采到花台邊，臨去金瑩狠狠瞪了大威一眼，再說道：「帆采，我們到旁邊吃去。」

沒能品嚐到美味點心事小，被表妹嫌惡事大。大威立在園中，想著金瑩方才的說話，以及帆采的寬容大肚，竟有些許慚愧。

金瑩說得沒錯，如果他也同樣隨時想到就尋人開心，這不也教人心裡不舒坦？

五　放掌風，牛刀小試

後來大威還是順了爹的意去學了拳。

學拳之前，曾父為大威作了心理建設，「威兒，爹並不是要你把拳打得怎樣怎樣好，爹要你記住，練武練拳都像習字念佛那樣，在對治我們的心。」

說到心，大出大威意料，拳腳與心何關？他仰起頭定定看著父親，盼望父親再詳加說明。

曾父看出大威眼神的迷惘，於是再說道：「只有自己能主宰自己的心，該專一於一件事之時，便要專注其上，方能掌控自己的心，能掌控自己的心，便能清清楚楚知道自己在做何事。當我們的心越沉穩，我們的洞察力就會越敏銳，做出的判斷和處置也才會越適切。」

曾母當然明白大威懼怕挨拳，她慈愛的撫著大威臉頰說道：「威兒，娘知道練拳很累，但是只要有心撐過去，不但身體能練得健壯，心也能練得堅強。」

大威於是帶著一則喜一則憂的心情去學拳，精髓未學到，倒先學會了小技倆。有時心癢難耐，忒愛捉弄小他近一歲的金瑩。

假日若逢金瑩隨姨父姨母來家裡，大威總把她拉到前院。

大威道：「阿瑩，妳來。」

金瑩垂下眉不解問道：「做什麼？」

「我練拳妳瞧瞧。」

「好耶。」金瑩拍掌道：「以後就不怕遇見惡少了。」

大威想，最好是不要與惡少狹路相逢，真遇上了，還是三十六計走為上策。

大威沒說出，只忙著擺出舞拳架勢，雙膝略彎，馬步一蹲，雙手提至腰際，吸氣後右掌用力推出，金瑩隨那姿勢側閃一下，大威竟自得意滿了起來，忙問道：「有無感覺到了？」

金瑩大感疑惑，她是看見威哥哥出了一拳，自己也本能閃了邊，可是說出這問題到底是要問她感覺到了什麼？她愣愣問道：「要感覺什麼？」

大威聽她這樣說，分明是無所感，忍不住攤開自己的手掌，專心瞧著，掌心紋路清晰氣血紅潤，這樣健康的手掌難道打不出掌風？

「怎麼了？」金瑩關切問道。

「……」

大威沒回應，兀自左翻掌、右勾拳、上托、前推、收拳，輪翻練習，連續出手幾次，兼再多想一分，倏地便悟出了道理，等不及就要如法炮製一番。金瑩實在看不懂這一切，大威的舉止在她看來彷如霧裡看花。

正當她看傻了時，大威突的朝她面前揮拳過來，這突如其來的舉動著實嚇壞了金瑩，沒想到大威不只動手還動了口，自他口中連連發出喝聲，那「ㄏㄡㄏㄡ」聲雖非虎嘯龍吟，卻因猛然發出，使得金瑩驚慌得連連後退，背脊都已貼住牆面了，大威還是直直逼進，雙手交替出拳，還不忘玩起從戲裡學來的台詞，洋洋得意說道：「看我的掌風，妳無處可逃了。」

「嗚嗚……」金瑩又氣又惱，啜泣了起來，頭一扭跑進屋裡前廳告狀道：

「姨，威哥哥欺負人。」

在場四個大人都知大威和瑩兒向是最佳玩伴，對瑩兒前來告狀大為意外，曾母率先問道：「他怎的欺負？」

金瑩怯憐憐道：「他用掌風吹人哪！」

金瑩掌風之聲一落，大人不覺呵呵笑開，「哈哈……」

這時恰是大威推門進來，一臉汗涔涔，四個人推知他是勤著練拳，竟不約而同讚許道：「大威，勤練拳哪！」

「嗯，很好、很好。」原以為會被責怪的大威聽父親這麼說反而寬心了。

金瑩母親更如此說道：「大威，你可好生的練唷，咱們瑩兒就靠你保護囉！」

這一切看在告狀未果的金瑩眼裡，好不懊惱，腳一跺、嘴一噘，鑽進她母親懷裡撒著嬌，「娘……」

大威想不到今日自己這番牛刀小試，不但令金瑩生畏，還得了長輩嘉許，不禁志得意滿了起來，挑眉溜眼的好不神氣！

六 溫吞性，得過且過

大威武館裡練拳，和在家裡是兩個樣，武館裡眾多學員練習，吆喝聲此起彼落，大威不自覺就像瑟縮小雞一般，盡往牆角閃。

教練掌理全武館見習生，常會顧此失彼，無法面面俱到。大威生性溫吞，教頭若沒指定他上前耍幾招練幾套，他常是得過且過，一旁看著他人賣勁演練。他雖也想晉級配帶，但總易怯場。

這日武館裡，教頭一眼看穿角落裡有一搭沒一搭懶懶揮動手臂的大威，出其不意大吼道：「曾大威，上前來。」

大威被這一吼嚇傻了，傻愣愣的直盯著教頭看。

教頭看大威那樣，又好氣又好笑，再度大吼：「難道要我去牽你過來麼？」

「哈哈……」

教頭的話引起眾人訕笑，武館裡一時間夾雜了竊笑與私語。

「他真該改個名叫『真小尾』。」

「嘻嘻……」

大威實在不知自己哪裡犯了教頭，明明故意躲到角落來，還是被點到要出去示範，那可不好受呀！

現在教頭的模樣可能動了氣，大威不敢再做延遲，但那雙腳卻又像拖著千斤重物似的，舉步維艱。

但這樣，又讓教頭火大了，他大叫道：「是怎樣？你小腳啊？搖三吋金蓮哪？」

「哈哈……小腳婆打拳……」

武館再起一陣哄堂大笑，大威漲紅著臉移著腳步。

大威揮動雙臂就要快走，卻一個不小心，沒測準角度，正中撞上練拳沙包，撞出去的沙包反彈回來時，把大威結結實實的給摜倒在地，那一剎那間，武館裡第三度爆出可掀開屋瓦的笑聲。

「呵呵……」

「這是哪一招啊？」

「肉包撞沙包，呵呵……」

沙包被撞出再彈回，是以四十五度角撞向大威右額，因此他是左向側倒在地，左耳壓在地面疼痛無比，雙眼睜不開來看看館內狀況。

不過不看也好，大威心裡自然有數，此刻必是每個見習生圍著看他這窘狀大笑。

大威伸手摀著發疼的左耳，無地自容，心裡還怨著：今天怎這樣背，做啥都不對。

教頭大吼一聲：「你們笑夠了沒？」

武館隨即安靜下來，靜得連喘息聲都聽得出來。

大威也不敢輕舉妄動，沒想教頭再一聲罵道：「大威，你還不爬起來？等我去抱你起來嗎？」

教頭這話還是讓幾個人不小心「噗嗤」了一下，只是大家看到他那張有如閻王冷峻的臉，趕緊抿緊雙唇，不敢再讓任何聲息，從嘴唇縫隙竄出來。

大威一聽，讓教頭來抱他？這還得了？顧不得被沙包撞疼的右額，趕緊側轉上半身，雙腳再一曲一踢，蹬了起來，便快步蹭到教頭跟前。

「教頭……」

教頭將大手掌放在大威右肩，大威立時感到一股沉重壓力上肩，宛如磨好的糯米漿上得壓上一塊大石，大威不敢正視教頭雙眼，他垂著頭看地面，他想至少這樣比較安全。

教頭教拳若干年，早已閱人無數，大威心裡想什麼他怎會不知，但練拳和其他人生諸事大同小異，不能偷懶、沒得投機取巧，唯有忍耐再忍耐，將「合理的要求是訓練，不合理的要求是磨練」當作金科玉律，就算沒能成為拳王，至少也還不致太過遜色。

但若不勤於練習，拳法與其他眾多項目一樣，是無法能見丁點成就。

在教頭眼裡，大威即便身形瘦小，但卻屬精幹結實，好好調教，他日應是拳界一等一高手。只是這孩子總自慚形穢，老是被對手高大外形或駭人聲勢震懾到嚇破膽，每每雙腿打顫，只想閃躲，更別說要他正視對方，用力反擊。

大威到了教頭跟前，目光只敢盯住地面，心中暗自祈禱，教頭可別要我當眾舞拳哪！

教頭目光犀利直視著大威，他最見不得一個男孩如此垂頭喪氣，因此聲若洪鐘道：「又非做了見不得人之事，做啥低頭？」

大威聞言不得不抬起頭來，頭一抬起便對上教頭炯炯有神雙目，立時有種被利劍穿透整身的感覺，不禁打了個寒顫。

教頭道：「練武的人不能躲人，否則怎有機會切磋，現在是武館，大好練習機會你不把握，日後出了武館，你找誰練？」

「……」大威噤若寒蟬。

教頭點名道：「來，從今日起，振禹及書學每日輪流和大威對打。」

大威一聽顯些癱軟，武館裡誰人不知振禹與書學兩人練拳多年，不但各有絕招，同時又可說是教頭最得力的助手，每當有新進練習生，通常都由他們兩人先帶著練習對打，大威剛入武館也如此這般過，只是還不曾日日輪番與他二人對打，看來以後日子不好混了。

振禹與書學精神飽滿回道：「是，教頭。」

相較於振禹與書學，大威有如喪家之犬，兩肩鬆垮無力。

教頭再下令道：「現在就開始。」

振禹與書學還是精神十足的回道：「是，教頭。」

大威無從選擇，只能打鴨子上架了。既然被爹娘送來學拳，也只得聽任教頭安排了。

這種情形下免不了挨打，而且是對手不留情的襲擊，幾週下來，大威早就連捉狹瑩兒的熱情都消失殆盡，當最後一絲絲興趣都沒了後，瘦小的他只想著，想學個拳強身自保還真是苦啊！

七　泥菩薩，自身難保

今日因為尿急湊巧目睹了這一幕，藏身石柱後的大威渾身難受，彷彿惡少的每記拳都是搥打在他身上。

那個被壓在泥地上，嘴巴被摀得緊緊的，哀嚎聲宛若氣若游絲病貓的那個少年，大威其實並不認識，但他卻寄以無比的同情。

此刻自石柱窺視到這一幕，一時間前塵往事都回到腦中，心脈激動的讓他費了很大的勁咬住自己的右手，才勉強把將要振動的聲帶抑制住，沒讓聲音衝撞出來。

當大威數著圍住少年的人數，對照惡少自己報名號時的「三少黨」，感覺有點怪異。明明是四個人，為什麼他們自稱「三少黨」？這是怎樣的邏輯？想來惡少行事都沒邏輯可言。

大威儘管不曾和他們打過照面，但因是學堂裡素有壞名的「三少黨」，不禁握拳搥了自己腹部一下，懊悔自己沒強忍尿意，才會趕上了無辜少年被欺凌的場景，還讓自己也身陷危機。

突然大威感覺一股痙攣傳遍周身，是自己嚇到「咬冷筍」（台語諧音，意即顫慄痙攣）了嗎？

得再縮緊身體，免得形跡敗露被惡少發現了。

就在大威雙手抱胸兩腿緊夾之際，才恍然大悟，原來是剛剛自己搥打腹部的力道過大，正把肚子裡蓄得滿滿的那缸子尿，搥得四處亂竄，這會兒正竄得無處可去，就要失禁了。

大威歪斜著頭頸偷偷打量著一幢屋子遠外的情形，四個惡少圍成一團霸凌少年，其中兩個是面向自己這個方向，在那兩人瞠目看來的剎那，大威趕緊縮頭躲回石柱後，心中起了一番思忖。

「現在怎麼辦？」

「前進不得，那後退呢？」

「趁那兩人彎腰去揍少年時拔腿就跑吧！」

這念頭才閃過腦際，就被大威自己否定了。他對自己足下功夫雖還有點自信，但再善跑也快不過眨眼工夫，他可不想拿自己的安全當賭注，拿安全換洩洪，價碼太高了。

想想，還是算了，就忍吧！

這陣子多起惡少欺負弱小的事件鬧得滿城風雨，爹娘一再交代，不可出入是非之地，大威自己也謹守教誨，不敢四處遊蕩，連一向下學經過黃昏市集看熱鬧的習慣也改了，也不再故意取道彎曲小徑，玩玩跳跳再回家。

可是現在內急需要上茅房，應該不是出入不當場所吧？

大威到底也是血氣方剛的少年，目睹如此一件以多欺少的凌虐事件，心中自有一股不平之氣，這股氣一時間有如鍋蓋底下滾燙的水往上沸騰，把一只鍋蓋頂著就要掀落了。

那股氣推著大威，無聲無息的把右腳提起來跨出了半步，但也就那須臾之間，他未做多想又快速把腳拖了回來，儘管腦中「衝出去救他」的念頭，彷彿湧向岸上的浪潮，一波又起一波落下。儘管搭救的念頭竄來竄去了大半天，但大威那一雙腳卻再也沒抬起過了，他就這麼隱身在石柱後，直挺挺的站立，和石柱也沒兩樣了。

石柱後的大威終於明白沒好好練套拳法是錯誤的，現在臨到急用，卻因自己沒有紮實武功，只能一旁乾著急，甚至還只能當個縮頭烏龜躲著不敢現身。大威咬著牙嘆了口氣，大大的懊悔著。

但這時要談救人簡直是以卵擊石，別說少年不保，恐怕連自己也是泥菩薩過江自身難保了，貿然跑出去，不等於拱手將自己送上當祭品嗎？

內心幾番掙扎之後，大威想起師長說過，遇上霸凌時，記得向長者尋求協助。那麼往回跑，去找救兵吧！

身子才轉向，腳才提起，大威又想到，這樣奔跑必然會驚動那四個惡少，他們人多勢眾，鐵定逃不出他們的手掌心，到時救兵沒搬到，自己倒先成了俎上肉。

但就這樣眼睜睜看著少年被毆打，又十分過意不去，怎麼辦？自己該如何突圍？又該如何幫受暴男孩脫離困境？方圓一里，有沒有人可出手救援？

就在大威溜轉著眼珠子環視四周時，突然看到幾根石柱後露出一條麻花辮子。

「欸……」差點脫口而出，趕忙用力摀住嘴，定睛再細看，咦？辮子不見了。大威莫名心寒了起來，石柱後究竟是人還是鬼？

大威滿心疑惑，大白天怎會有鬼？揉揉眼睛，這回看到一小截粉紅碎花裙襬，肯定是個女孩躲在石柱後，心下立刻浮起一陣欣喜，這危險長廊裡他不是唯一煎熬之人。可是才片刻他的心便沉到底了，因為前頭是一個待援助的少年，後頭又有一個得保護的女孩，這可怎麼辦才好？

大威貼緊石柱瞅著空地上的情形，再回頭想再看看石柱後的女孩可有藏好，不意竟發現長廊盡頭有雙紅通通繡花鞋，踢著粉紅碎花裙襬直往前飄去，大威看傻了，女孩怎麼做到的，竟連一點聲響都沒。

「這女孩怎跑得像有一身輕功？」大威很快就明白，但也很快又籠罩在孤寂之中，困境還是得自己去面對。

大威正發愁時，自遠而近連連傳來「住手，住手」的聲響，從那略帶滄桑的聲音，聽得出來人是長者，而且還不只一位。隨著又是一陣擲地有聲的奔跑，幾個身影迅速從大威眼前衝過，待他抬眼一看，四名惡少看見從學堂主建物奔來幾個大人，立刻收手一哄而散。

「站住，別跑。」

「先救人要緊，那四人稍後再做處理。」

匆匆趕到的長者之一發此號令，另一人忙與他將被毆打得奄奄一息的少年抬走。

一切恢復平靜後，大威才從石柱後走出來，大大鬆了一口氣，總算有長者來處理，自己身陷危險的狀況也解除了。

突然，腹股一陣衝撞，大威猛然想起，得趕緊上茅房去，不然水庫可要爆了。

八　膽小鬼，不敢挺身

身體的飽脹洩除之後，神清氣爽，大威走出茅廁，忍不住轉頭看向方才惡少毆人現場，順口啐了一句，「最好都抓去關起來。」

關奇萊最恨人家拿他名字作文章揶揄他，還在小學堂時，某天學伴古朗柏鼓動大家譏諷他的往事，每每想起總是歷歷在目。

記憶猶新，那日他去完茅廁走回課室，遠遠聽著傳來「關奇萊、關奇萊」呼喊聲，心下小有得意，自己又無傲人表現，學伴竟是對他歡呼。小小竊喜漸在心內擴大，也正巧要走進課室，突然古朗柏一個鏗鏘大聲冒出，「關起來。」

早立在門邊的兩位學伴，配合口令上前做出圍攔動作，關奇萊倏地一愣，隨即恍然，原來大家是尋他開心。氣急攻心，雙手往外用力一頂，兩位學伴沒料到會有這招，毫無防備之下，雙雙後腦撞上門框，一個腫了一個包，一個裂了一道縫，雙雙掛彩。

古朗柏被闞奇萊突如其來的反應震住，僵在座椅上。

闞奇萊一個箭步上前，當胸一把抓住古朗柏的衣襟，將他摜下椅子，接著左右開攻，連翻出拳，打得古朗柏一張臉腫得像豬頭。他萬萬沒想到，只是言語戲謔，也會惹來禍端。

事後，闞奇萊被嚴厲懲罰，從此還被貼上「惡少」標籤，後來因無法見容於所屬學堂，更故意四處惹事生非。入了中學堂後，很快便與藍尚天臭味相投，一同使壞了。

現在，他只是奉命回頭察看，竟聽見這臭小子窸窣著「闞起來」，這錐刺的痛教闞奇萊大大不悅，狠狠瞪住。

大威喃喃自語後，一抬眼，卻是迎上一雙不懷好意的賊眼。當下心頭一凜，暗叫「慘了，剛才那句可別讓他聽見了。」

作夢都沒想到，這鬼使神差的轉頭顧盼，竟是和再回現場的惡少四目對上。

怎麼辦？拔腿就跑？有用嗎？跑得過眼前目露凶光的惡少嗎？

不跑，又能如何？待宰嗎？

有沒有第三種可能？

瞬間大威感到恐慌，只能定定看著距他二百公尺遠的地面。正不知所措間，心頭突然浮起小時爹爹教過的一句話，「君子不重則不威」。

猶記得父親這般解說：「……是從內裡散發一股神聖不可侵犯的氣勢，當別人見著你時自然就會尊重你，不敢對你胡來。」

父親的這段話在這節骨眼上浮現，無計可施下，姑且用上一用吧！

於是大威挺胸定定站住，並且告訴自己一定要力求鎮定，不能流露懼怕的神情，要用炯炯有神的目光看著對方，讓他知道自己是「神聖不可侵犯的」。

儘管大威一點把握也沒有，但這時騎虎難下，也只能這麼做了。

就這樣兩方僵持了片刻，闞奇萊沒做出任何挑釁動作，半晌，身體一扭隨即就要離開，臨去前再回望了大威一眼，並撂下狠話：「你敢去告密，咱們走著瞧！」

收回遙望闞奇萊遠去背影的目光，疑問卻像生根似的植入腦海。

「咦？他說告密？我哪有？」

儘管心有疑惑，還好惡少走了，大威這才從剛剛對峙的慌亂中回過神來，正待好好喘一口氣，怎知抬眼便又迎上一對犀利眸子，再一次受到大驚嚇。

「呃……」

眸子的主人是個俏麗女孩，可她的目光卻如利劍一般，正惡狠狠一點一點削向大威，大威被那怒目瞪得莫名其妙，正想出口問個清楚，女孩已和大威擦身而過，同時向著大威吐了一句「懦夫。」

「懦夫？」大威不解其意，再轉頭時那女孩已經踩著輕快腳步進了茅廁，大威在最後一秒瞥見女孩腳下的紅色繡花鞋，這才想起這女孩就是剛才藏身另一根石柱後的女孩。

可這恍然大悟卻也讓大威再度迷惑，「懦夫是說我嗎？她為什麼說我是懦夫？」

冷風從窗縫灌進來，大威打了個哆嗦，全身汗毛立刻豎立了起來，趕緊把棉被往頭臉拉上，整個身子蜷縮成熟蝦形狀，向右翻身側躺，沒躺多久，腦門不清，再翻身向左，午後石柱後窺視到的景象又鮮明的跳了出來，干擾得他一下子左翻一會兒轉右，都快是煎得兩面焦黑的魚了，還是無法入眠。

索性坐起身來，拉來椅背上的一件外衣搭在肩上，關於下午不當心撞見的一幕餘悸猶存，那被抬走送醫的少年不知傷得如何？對於自己藏身石柱後，久久拿不定主意去搭救受難少年，純粹只在精神上無濟於事的打抱不平，在事過境遷的午夜時分，了無睡意，直覺荒唐，並感汗顏。

再想起那去了又回的惡少，大威禁不住又是一陣寒。

需不需要將這事說與爹娘知？

哥哥一定會說又沒真遇上霸凌，太小題大作了。

大威想想，也不過和惡少對望就預想太多，不太杞人憂天了嗎？況且若是說了，徒增娘的憂心而已。還是不說好了，爾後只要自己凡事當心點，應該不會橫生枝節才是。

一時有了尿意，下床開門走向鄰近廚房的茅廁，昏暗中撞上一人，嚇得他大叫一聲倒跳至牆角。

「啊——」

大倫撫胸大罵道：「你幹嘛？走路不長眼，冒冒失失的。」

聞聲匆匆披衣趕來的母親語帶憂心：「怎麼了？威兒。」隨後而至的父親則是鎮靜問道：「發生什麼事？」

三人聲音雖然交疊，卻仍清晰可辨，在此同時曾父也打亮室內燈火，一時間燈火通明，三人這才看見蜷縮牆角的大威。

大倫因為被猛力一撞，胸口仍是幾分疼痛，一時口快啐道：「哼，膽小鬼。」

不知怎的，大倫這句「膽小鬼」彷如引信，大威自下午即硬壓下的情緒瞬間引爆出來，他像一隻生氣的幼虎，突的跳上前，就往哥哥胸前重重揮去一拳，大倫一個重心不穩，踉蹌了一下差點往後倒在父親身上。

夜尿後遭弟弟一撞已是無妄之災，現在老弟又不分青紅皂白給他一拳，實在莫名其妙，再三年行將弱冠的大倫，自覺顏面受損，掄起右掌，就要打下。大威胸中氣血正燄，一個箭步向前，大有豁出去，好打個你輸我贏。

曾母一旁看得焦急，直要拉住兩個孩子，兩個孩子卻像鬥志高昂的牛犢，拉扯不住。

曾父見狀嚴厲喝聲道：「倫兒、威兒。」

短短四字，只喊了兩人名字，卻有無比威力，大倫不得不頹然放手，目光則含藏了不悅；大威則頓時像挫敗的公雞，不但垂下手還垂著頭不發一語。

曾父道：「威兒，對兄長不得無禮。」

大倫打蛇隨棍上，再道：「是嘛，撞了人沒向我致歉，還動手。」

大威道：「誰教你罵人『膽小鬼』？」

大倫又道：「生性膽小還怕人說，我還沒說你是『懦夫』咧！」

大威一聽，氣急敗壞要理論：「你……」卻是一字之後沒了下文。

一旁母親看著，擔心兩兄弟又將擦槍走火，正準備拉住大威，卻見大威大步跨進茅廁，手一甩「砰」的一聲帶上了門，徒留三人門外面面相覷。

方才大威頓時的面紅耳赤，父母以為他是怒火攻心所致，殊不知那是大威自感慚愧的反應。

想起午後學園長廊那一幕，除了受暴少年讓他掛心之外，與俏麗女孩錯身時聽見的「懦夫」兩字，才是教他無法釋懷。

茅廁解手之後，大威凝視鏡中之人，不禁自問道：「我真是懦夫嗎？」

九 酷表情，虛張聲勢

「大哥，就是他，就是這個臭小子。」

急著趕路回家的大威沒留意到從暗巷突然衝出一人，一把抓住他的前襟，突如其來的變化教大威一時回應不來，等到定睛一看，差點沒讓眼珠子掉下來。

眼前不就是那天臨去又回的惡少？

大威心裡不禁哀嚎，「慘了，我怎會這麼衰，這下子狹路相逢，恐怕不好過了。」

儘管大威心裡已做了最壞的打算，但他仍在這須臾之間想起前次惡少折回時，自己用過的「君子不重則不威」那招。這一想，大威自認前次那惡少會知難而退，必是自己由內而外的那股威儀產生嚇阻作用，此時此刻，沒有任何奧援，何不就再現出酷表情，讓這些人知難而退？

大威於是故技重施，不僅挺直胸膛，雙眼還直視著前方這一群，雙手自然垂放身體兩側，兩腳間距一肩之寬，穩穩壓在地面。

「看三小？」闞奇萊猶記前日之恨，出手推了大威右肩，大威因為兩隻腳掌緊緊扣住地面，因此只是瘦削身體如柳隨風搖曳一般，往後擺了一下很快又彈了回來。

「？？」四個惡少當中有三人看傻了，料想這個矮瘦小子大約是練過幾成武功，唯有帶頭的藍尚天十分不慣，想作眼前這瘦小男是故作姿態，只為凸顯自己有點功夫。

看不慣的藍尚天不自覺的捏緊拳頭，提起右拳不由分說便朝大威擊出，大威腰一軟，往右畫個弧形避開了，凝視的目光依然銳利，另外三人被震懾得不想出手，還分別勸著藍尚天。

關奇萊道：「大哥，我看別理這個臭小子了，他好像練過的。」

傅宗潼道：「大哥，這傢伙會幾招喔！」

藍尚天之弟藍尚文則是說：「哥，真要打嗎？」

但他三人的話語，都在藍尚天繼之而起連續拳腳的咻咻咻聲中隱沒了。

「怎麼會是這樣？」大威腦中只有這一個念頭，其餘就沒想法了。

藍尚天打了一陣，見對方只閃避不還手，一則無趣，一則好奇，收手之後，正眼看了大威一眼，只見瘦小男臉頰手臂都浮腫了，雙目依舊炯炯有神，那股凜然正氣看得他背脊發涼，寒氣正一點一滴的冒出，不過很快的就由瘦小男搖搖墜墜的身軀，識破了虛張聲勢。

藍尚天於是大吼道：「還看？再看？看三小？」

闕奇萊、傅宗潼和藍尚文看到藍尚天發怒，紛紛跳上前，也隨著對大威進行一陣拳打腳踢。

「哼，死小鬼，裝模作樣。」

大威只覺天旋地轉，他大大的不解，為什麼浩然正氣無法為他形成一道保護網？

「住手、住手。」大威聽見救援來時已奄奄一息，只有眼尾餘光瞟到惡少瞬間做了鳥獸散。

學園裡的師長問道：「怎麼了？」

「……」大威痛得說不出話來。

另一位師長道：「送你就醫去。」

正當大威掙扎要撐起身子時，抬眼又是看見那日說他懦夫的女孩，眼神依然犀利，並自齒間不屑道：「活該。」

大威完全不清楚自己怎樣得罪她，怎麼她總是不給他好臉色看？但也就在女孩這句幸災樂禍聲中暈了過去。

醒來時是躺在家中自己的床上，掀開身上薄被，才剛伸出一條腿往床沿一掛，一隻大手就將那條腿再往床上撥回去。

曾母道：「你躺好，要什麼出個聲我會拿給你。」

「我……」大威挺起背部打算起身，又是一隻手按下他的肩膀。

曾母又道：「你感覺怎樣？哪兒會疼？怎麼這麼不小心惹到惡少？一次就遭到四個圍毆。」

大威幽幽道：「我……」

曾母慈愛的撫過大威紅腫手臂，十分不捨說道：「送你去練拳好自保，怎還是徒勞無功？」

曾母說的雖是實情，大威總拉不下臉來，隨意就拉出哥哥做擋箭牌，「真羨慕哥哥，他沒學拳也沒遇上惡少。」

一旁閒散翻著書冊的大倫，一聽弟弟這麼說，指著自己鼻頭好不得意的說：「誰像你整個人像乾癟四季豆，一副叫人看了就想上前打你的衰樣。」

曾母為生就體弱的大威出氣道：「倫兒，不許你這樣笑威兒。」

大威覺得自己有必要先下床一下，卻還是被母親攔阻了下來。

「娘，讓我下床去嘛！」大威求著。

曾母慈愛道：「你好好休息，這幾天就在家裡休養，把身體養好再說。」

「這我知道。」

「知道就好好躺著休養啊！」

大威面有難色道：「我……」再不下床可能會忍不住，手一擋恰恰擋去母親又將伸來的大手，急急說道：「我尿急，再不排洩可能會爆掉。」

「喔。」曾母這才讓了讓，但她還是指揮了大倫：「倫兒，你去把尿壺拿來吧！」回頭又慈愛的向大威叮囑道：「我看你用尿壺就好。」

大倫一聽母親讓自己為弟弟取來夜壺，一想到那難聞穢氣，便面帶嫌惡抗議道：「為什麼是我？」

曾母道：「不然是要大威自己去嗎？」

一腿已跨下床的大威道：「娘，我沒怎樣，我自己去茅廁就可以。」

大倫順口接著道：「是嘛，娘，你就別大驚小怪了，大威他只是傷到皮肉，不礙事的。」

「大倫……」

「娘，我真的可以。」

因為大威的堅持，曾母不得不依他，但看著他搖搖顫顫的背影，曾母實在憂心，該如何陪伴這孩子度過霸凌的陰影呢？

十　參不透，影搖聲撼

曾母在大威遭惡少襲擊後，尋思找個時機上山寺禮佛，為孩子點盞平安燈，祝禱他此後人生能無災無難平安長大。

因為常隨母親前去禮佛，道場即便連綿幾個山頭，大威也是熟門熟路。

當母親與法師談話時，大威便自個兒巡山去了。前山跑跑，後山走走，大威便覺無趣，回頭來找母親，但見母親在大殿裡虔敬拜佛，躊躇了一下，提起的腳再放下，還是決定不進大殿禮拜。

百無聊賴之際做什麼好呢？

大威想也沒想就信步繞著大殿四周迴廊跑起香來，因是閒散，故而東張西望。就在他某一眼看向淨房前的樹叢時，只見幢幢樹影，隱約看似有人在那處練武，大威甚覺新奇，佛寺裡有人會武術？莫非是相傳已久的少林武功？

隨後又想，母親親近的這座佛寺又非少林寺，會有少林武僧嗎？

或者這佛寺也有自創的獨門武術？

大威刻意躡足向前走去，想近些一窺堂奧。才近前三兩步，便聽見樹縫間隙虎虎生風，如果不細聽，或是沒練過拳的人，可能感覺不到。大威因為有過練拳經驗，多少知道運氣出拳時，掌心會帶出一股氣，將形成一陣掌風，掌風強勁與否，端看舞拳的人功力如何了。

這時突然一個念頭撞進大威腦海，若是能在佛寺習得武術，決計要全力以赴，以後便不需擔心惡少，或許還可以仗義行俠呢！

這一想大威不覺露齒笑開，不自覺的停下腳步，索性專注朝遠處樹叢後搜尋，盼能遇見大俠。

這天因為天陰，空中灰濛濛的，再因間隔一段距離，視線更是不佳，大威彷佛看見樹叢後那人是以左腳站立，右腳則勤於抬腿踢出再收回，動作乾淨俐落。每回右腿踢出收回後，便緊緊貼在左膝內側好半天，那模樣宛如金雞獨立。

看了大半天，大威看不懂武者練的是哪家功夫，直到身旁經過一家人，那家小娃以單腳跳躍方式蹦跳著，大威這時突然靈光一閃，或許自己剛剛窺見的是江湖新招「雞立功」。

太好了，果真來佛寺禮佛便能得佛祖庇佑。

這一想，大威急著要再往前走入樹叢後的花園，他想近距離凝神先學習個一招半式。

正當他提起腳跟要轉向前行時，肩頭卻遭人一拍，伴隨而來的是圓潤聲音：

「原來你在這兒！」

大威一驚，回頭一看，是相熟的法師，也就不好發脾氣，只是心裡怪他壞了自己習武契機。心裡不免嘀咕，錯過這次，何時再有良機？

儘管心中稍有不快，大威還是雙掌合十向師父說道：「阿彌陀佛。」

明眼人也瞧得出來他心不在焉，因他那兩個黑溜溜眼珠子，正在眼窩裡不停轉動，然後一隻眼尾一隻眼頭的瞟向遠處的樹叢。

法師瞧他樣子慈悲問道：「你看什麼？」

大威宛如心事被識破，倉皇回道：「呃……沒什麼啦！」

法師再問道：「真沒什麼嗎？」

大威尷尬吐實道：「我在看人練武。」

法師一聽先是詫異道：「練武？」隨後一個引領探望，收回目光時神情是抿嘴微笑，那一剎那，大威想起聽過住持開示時說過「拈花微笑」，是現在法師這樣的嗎？

可他拈了什麼花？我怎沒看見？大威歪愣著頭想不出個所以然。

法師多少猜出大威心事，不動聲色說道：「影搖千尺龍蛇動，聲撼半天風雨寒。」

大威茫然不知：「嗄？」

法師拍拍大威的肩再說一次，「影搖千尺龍蛇動，聲撼半天風雨寒。」然後靜靜看向遠處若有所思的說道：「氣勢。」

什麼啊？師父怎麼如此省字，也太言簡意賅了吧？

大威半天沒說話，法師再問道：「大威啊，想嗎？」

大威無法意會，只是傻傻問道：「呃？什麼？」

法師追問道：「你到底要不要？」

大威一心記掛樹叢後的武者情境，此刻正將法師方才所言的「影搖千尺龍蛇動，聲撼半天風雨寒」與之對照，樹叢裡是有法師所說這般氣象啊。

大威回過頭來一想，再將法師上上下下打量了一番，或許法師正是身懷絕世武功之人，看出自己是一塊料，要將他畢生絕學傾囊相授。大威喜出望外，立刻點頭如搗蒜，頻頻說道：「要、要，師父，我要。」

慈眉善目的法師立刻說道：「那就走吧！」

大威滿心歡喜隨著法師走過大殿前的長廊，趁著近距離，探頭一看，樹叢邊除了整理花草的義工師兄別無他人，這在大威心湖裡起了一個小漩渦，練武的人呢？何去了？

但因法師腳步快速，容不得大威稍作停頓，他也就沒再多想其他，只得一路追隨法師而去。

隨法師下了長廊台階，再繞過觀音殿前的斜坡，又到一處階梯，往下望去，正是來山信眾喜愛一遊的靈山勝境。

大威至感不解，這兒是山門進來不遠處的勝境，遊客如織，怎會是練功處所？練功不是該在後山，人跡罕至之處嗎？

大威清清喉嚨，鼓起勇氣問道：「呃，師父，我們來這裡是……」

法師頭也沒抬的回道：「清掃落葉啊！」然後逕自步下階梯，徒留回不過神來的大威，愣在階梯上不知如何是好。

不是要傳授影搖千尺龍蛇動，聲撼半天風雨寒的功夫嗎？怎麼是來此清掃落葉？

大威感覺上當了，可再一想，法師自始至終都沒說傳授武功，難不成是自己自作多情了？

現在，怎麼辦呢？

隨著人群三三兩兩上上下下階梯，大威的目光逡巡四周，這時他看到邊坡上一張旗幟，上頭寫著「存好心、做好事、說好話」

好半天他回過神來，自我解嘲道：「我幫著清掃落葉，就是做好事囉！」這一想心下漸寬，這才正眼細看靈山勝境。

落葉何在？階梯下的石板地不過三兩片菩提葉罷了，只消撿它一撿，何必勞煩手執掃把掃它。

正想得出神，一陣風吹來，兩側花圃頂上數十株高聳參天的菩提樹瞬間左右搖擺，一時間窸窸窣窣聲四起，彷彿眾多高手穿梭樹叢之間，迅速你來我往比劃著武功。

不一會兒菩提葉由樹梢紛紛落下，就這片刻光景聲息已然停歇，只見石板地上層層疊疊的落葉。

這是……？

「你看這氣勢像不像影……」法師說著走遠了。

氣勢？像不像什麼？大威愣在石階上努力參著。

十一 好功夫，始自練心

法師不知何時拿來了清掃器具，大威完全無感，直到法師將竹掃把遞上前來說道：「來，你用這把竹掃把。」

大威接過竹掃把低頭端詳，欲語還休，其實他是不知如何操作。

法師將這一切看在眼裡，只道這孩子命好，生在有父有母溫暖慈愛之家，大約是不曾做過灑掃等事，於是細細教導說道：「就一手在上一手在下，兩手分別握住掃把柄，再這樣掃。」

法師以自己手上那把竹掃把做示範，狀似輕鬆。等到大威依著法師所說，左手在上右手在下，由左而右掃著，一撥竟是撥掃不動，地面那些落葉宛如千斤重的石塊。

法師一看便知是個不知人間疾苦的孩子，不忍責備，輕輕說道：「你慢慢掃，我去去就來。」

大威嘴裡雖是回應道：「噢。」卻感滿地菩提葉如捲起的千堆雪，得掃到何時才掃得完哪？

可是已經答應師父，就不能再反悔，大威只好硬著頭皮認真掃著，費了好大一番工夫才將落葉掃成一堆小丘，正想在石椅上歇個腿，耳際便又略略感覺風聲將起，念頭還未跟上，風聲便如劍客提劍出鞘一般咻咻作響，不過眨眼工夫，菩提葉便又是鋪天蓋地發狂似的飄飄落下，前一秒才清掃乾淨的石板地立時又遭淪陷，更慘的是方才掃成的小丘，也在風勢欺凌之下潰不成軍。

大威看著這一切轉變只在須臾之間，兩肩無力的下垂，真有點欲哭無淚。不得已大威只得再站起身，提起橫躺地面的竹掃把，又一次由東掃到西，這一次大威加快速度要完成清掃工作，一邊掃還一邊想著，如何在下一陣風颳起前收集好落葉？這時他看見一石沙彌後側有隻畚箕，想是裝落葉的好器具，於是上前取出準備裝下掃好的落葉。

滿地落葉都還沒全掃進畚箕裡，又吹起一陣風，不但把畚箕裡外的落葉吹得如旋轉木馬，就連頂上的菩提葉也宛如與他作對似的落得比剛才還凶還猛。

大威仰起頭無奈看著高高樹頂，心想怎有這麼多樹葉啊？再低頭，心裡只有一個念頭，就是一口氣把落葉全掃光。

於是大威卯起勁掃得更快更急，擦身而過的信眾稱讚道：「這少年真勤奮哪！」

另一人也說道：「是啊，掃得真起勁，我家的兒要能像他這樣，該有多好！」

再一人以更入微的口吻說道：「看來這少年有武功底子喔！」

從大威身旁經過的信眾發出的讚嘆聲，聲聲入耳，宛如在大威心底加了柴火，慢慢的燃起熱力，不覺再加了手勁，但還是趕不上風鼓動菩提葉作亂的速度。

冷不防一陣銀鈴喊聲傳來，「大威哥哥、大威哥哥。」

大威直起身向著聲源，一看，是阿瑩好友司帆采。正要空出右手與她招呼，看見她身旁還有一個紮了兩條辮子的女孩，感覺十分面熟，但那張甜甜笑臉，教大威一時間卻想不起哪裡見過。

兩位女孩來到跟前，司帆采落落大方說道：「大威哥哥你真有心，幫師父清掃。」

大威手撫後腦，口中靦腆說道：「沒啦、沒啦。」

「看來，你也是懂得懺悔修正嘛！」笑容可掬的女孩又接了一句，「那日報告師長解救你是對的。」

這是什麼意思？大威丈二和尚摸不著頭緒。

只見司帆采拉了拉身旁比她高半個頭，正說話的女孩為大威介紹道：「大威哥哥，這我堂姊司帆璇。」

司帆采開口的同時，大威也記起女孩便是說他「懦夫」，罵他「活該」，跑步快似有一身輕功的女孩。

原來……那日……是她跑去求援。

因為分神，大威把女孩名字聽岔了，甚至白目說道：「啥？私房錢？」

只見那女孩一雙好看的眉瞬間糾結起來，杏眼圓瞪，原是微揚的唇角立時垮下，由鼻孔哼聲道：「修身不修口也是枉然。」然後拉著司帆采跨步離去，徒留二愣子的大威參不透這個變化。

望著漸去漸遠的一對堂姊妹，大威尋思那女孩方才的話，還是沒弄清楚自己哪裡沒修口了。

冬日山區易起風，沒多久，又吹起一陣風，容不得大威發愣，清掃落葉才是要緊。他手執掃把，氣一吸，由右向左，使勁大揮一下，立刻把腳下一尺見方的落葉全集中。低頭一看，自己撇撇嘴角，幾分得意，好像抓住一些竅門了，興致便漸是高昂，於是右腳再向前移出一大步，換個角度，往左提起掃把朝右一撥，又撥進來一大堆落葉。

多掃幾次，漸有心得，也懂得抓住無風的瞬間，趕緊將落葉掃進畚箕再裝入垃圾袋裡，也才少了漫天飛舞的菩提葉。

大威就這麼左右掃著，不想其他，竟就掃了一整個下午。

法師匆匆來到，對著大威合十讚嘆道：「阿彌陀佛，你掃了整個下午啊？」

「……」大威心想師父的去去就來還真是久啊！

法師伸手取過大威手上掃把，說道：「感謝鼎力相助，今日到此為止，明日再請來幫忙清掃吧！」

大威一聽，什麼？明日還要來，那當下雙腿差點癱軟。他正想開口請教法師，「接下來是不是要練功了？」沒想到他雙唇才剛掀開，法師早已快步離去了。

大威只能眼巴巴的目送師父走遠，隨著法師越走越小的身影，大威心裡升起的疑問越來越大。

明天還會有這麼多菩提葉嗎？到底什麼時候才掃得完呢？

師父又是什麼時候才要傳授功夫？

一連數日，大威都是被師父找去清掃落葉，師父絕口未提練武一事，大威儘管滿腹疑雲，也還是提著竹掃把，來回清掃不斷落下的菩提葉。

法師終也是看出大威有足夠耐性，心意一決，決定傳法給大威。

「大威，我教你……」

大威才聽到這兒，心頭一喜，忘了禮數，直接掐斷師父的話搶著說道：「師父，您要傳授功夫給我了啊！」

法師一聽，先是一愣後才笑道：「呃？傳授功夫？哈哈……」

大威一旁猛揉自己一顆小頭，我說錯了嗎？師父到底在笑什麼？好半天師父止住了笑，正色道：「小小年紀不要一天到晚只想學功夫，最深的功夫就在生活之中，我要教你的是練心。」

這話真教大威詫異，他大大一聲「嗄？」那張迷惘的臉，師父一看就知他不明白，雙腳一蹬，跳離石椅，抄起大威放在一旁的竹掃把，咻咻咻的掃起落葉，沒兩下工夫，已掃出一座小小落葉山。

「啊？」大威看得目瞪口呆，師父真是深藏不露啊！

此時微風吹來，頭頂沙沙作響，大威知道不消多少時候，菩提葉又將紛紛飄落下來。才這麼想著，菩提葉便一葉一葉隨風墜落，只見師父返身過來，放下掃把，雙掌齊出，出掌速度之快，比之迅雷不及掩耳還有過之，大威驚訝得一張嘴越張越大，簡直太神奇了！

微風略停，師父也緩緩收回雙臂，掌心一打開，滿滿菩提葉。大威再覷一眼地面，哪有落葉蹤跡。

大威立時道：「師父，您這拳法掌風怎麼練成的？」

師父撓撓光潔頭頂喃喃道：「拳法掌風？」然後突有所感的說道：「哪是什麼拳法掌風，這明明是抓樹葉！」

大威一聽眼睛為之一亮，師父分明是深懷絕技的高人，卻如此虛懷若谷，於是更是高興得不假思索立刻抱拳鞠躬說道：「請師父教我這招抓樹葉的功夫吧。」

大威一拜再拜聲聲求道：「師父，請您教教我吧！」

師父目光看向遠處大河，似在沉思。

大威再說道：「師父，我若是學得了這功夫，說不定還可以幫助弱小呢。」

大威此語恰如打板聲，響得適時，師父回轉過頭來凝視著大威，心頭溜轉過一個心念，「曾家這孩子雖是瘦了些，可他器宇非凡，且宅心仁厚，就算只是學得健身，也未嘗不是件好事。」

十二 勤練習，一心不亂

最近一段日子曾家雙親對大威的舉止行動咸感奇怪。打從一家人自佛寺回來，大威總搶著幫忙掃地，但見他雙手牢握掃把，自大廳一角掃起，左右開弓，掃把一提一掃，那樣子怎麼看就是漫不經心，尤其大威又都很快就完成清掃，父母咸認定他只是揮大筆那樣的隨意隨興。及至認真檢查過一遍，兩人無不驚訝於那一塵不染的程度。

「欸？」父親彎腰細看，滿地光潔，就連平日不易清理的牆角，灰塵也好似被收藏起來。

母親還刻意跪在地上用手抹過，提起再一看，掌心毫無塵埃，不禁大為讚賞：「還真是清潔的呢！」

曾母站起身和曾父四目相望，凝神對望裡帶著幾分欣慰，曾父道：「威兒這孩子長大了、懂事了。」

曾母只是不知，為何這個瘦小兒子會突然喜愛灑掃一事？因此喃喃自語道：「威兒近日都會清掃室內，可真是怪。」

曾父轉頭瞅了曾母一眼，道：「不是妳要他做這事？」

曾母挺直上身，振振有辭道：「威兒如此瘦小，我怎捨得他做啊！」

「不是妳要他做的？那威兒為什麼要掃呢？」曾父一手撫著下頷，百思不得其解。

曾母突有所悟道：「不會是倫兒挾怨要威兒做吧？」

曾父一聽似有幾分理，立刻轉向後屋開口就叫道：「倫兒、倫兒……」

趕在曾父第三聲要喊出前曾母拍了他一下，再出聲制止道：「那只是我的猜測。」

曾父道：「所以才要叫倫兒來問問。」

曾母又道：「你這樣開門見山問，就算有，倫兒也一定會掩蓋。」曾母自認清楚兩個孩子個性，大倫古靈精怪，若要問他，倒不如直接問個性耿直的大威，因此她又說道：「改日我們找威兒來問不就結了？」

曾父捋了捋下頷鬍鬚，卻是說了：「威兒要是樂於做這清掃的事，我們就由他去做，勞動也等於是健身。」

又過數日，大威一早起身漱洗過後，便入廳堂清掃。

想起下山前，在連掃數日靈山勝境的菩提葉後，終於得到法師首肯，傳他心法，返家後的兩、三個月來，他恪遵師父要他做的「份內事」，每天自動自發將屋子裡外打掃一遍，漸漸也能得心應手。

師父說的話，此刻想來似乎頗有道理。

那日在佛寺，師父一手按住大威肩頭，殷殷交代：「要我教你抓樹葉，可以……」

師父話未說完，大威便跳起手舞足蹈，兼又嚷嚷道：「太好了、太好了，師父要教我武……」

這次換成大威一語未竟，就被師父大手一揮，話便哽在口裡了。

師父怒斥道：「這般嚷嚷，嚷得人盡皆知，我就不教你囉！」

大威一聽心下一驚，忙東張西望一番，幸得已近藥石，人跡已少，沒人聽見剛才他那一番躍動。可他也不明白，為什麼若被人知道，他就學不成？

因此他問道：「師父，這事為什麼不能說？」

師父看了大威一眼，鄭重說道：「佛門聖地重在修行，勤修身口意清淨業，為證無上菩提，抓樹葉、學拳、練武都不是修行事。」

大威似懂非懂，反正師父這樣說就靜靜聽著。

不過，師父倒是先傳給一個口訣。

「先練基本功，回家勤打掃，練到心不亂。」

大威愣道：「呃？」

師父道：「怎麼？還想學嗎？」

既然師父開口問他要學否，就不能再錯過大好機會，先答應再說吧！

「學、學，當然要學。」

「好，那我就把醜話說在前頭，學抓樹葉可不是一天兩天即能看出成果，這是要有恆心毅力，得花心思花時間用心練習，千萬不能有一步登天的想法，那是做不到的。」

師父說得極是懇切，大威點頭如搗蒜，他當然清楚要練得一身好武功豈是一朝一夕即能做到，功夫是一點一滴勤練以成，對於這個自己體會很深，往昔若不是因為怠惰成性，武館裡荒廢了舞拳，今日怎會耍不出一套完整拳法？

大威點頭道：「師父，我明白。」

「明白就好，我就是要你知道天下事無難易之分。」師父指著自己胸口再說道：「唯一就繫在我們這顆心罷了。」

大威再道：「是。」

師父再細加叮嚀道：「還有，有句話說『功夫下得深、鐵杵磨成繡花針。』這在說什麼你知道嗎？」

大威回道：「說的是要下功夫去練。」

師父再說道：「很好，這也就是告訴我們，『一勤天下無難事』，今後你能做到勤嗎？」

大威只知再不把握時機，那只證明自己是個扶不起的阿斗，因為無能仗義助人，比之自己挨揍還更是他心裡最大的痛，此後為了有能力濟弱扶傾，決計要勤於練習，當下斬釘截鐵回覆師父道：「師父，我一定日日勤練。」

「好，很好。」法師撫了撫下頷再說道：「最後師父要告訴你，等你悟得了『一點浩然氣，千里快哉風。』便也是你學成時候。」

大威露出似懂非懂神情，法師看他那模樣遂再開口說道：「你要知道練武之人宜養正氣，這才是武之極致，此後你要牢牢記住。」

大威畢恭畢敬回道：「是的，徒兒知道。」

自那日起，大威無時無刻不把養正氣這話放進心裡咀嚼再三，說也奇怪，好像很自然的他的體內真有一股氣，只是他不知那是否就算養出了浩然正氣？

這日大威父母也早起，站定門後仔細察看，只見大威隨手抄起掃把，左手執著畚箕，不作停留的埋頭認真掃起地來，看他那樣子真的專注，專注到父母已到身後他都無所感。

雙親見狀當然心喜，但還是想弄清楚，大威究竟因為何事而自動掃地。

這時父親先乾咳兩聲清清喉嚨，大威聽到聲音回過頭看見父母，立刻暫停手中清掃之事，直起身子，正面迎向父母目光，再向父母請安道：「爹、娘，早。」

父親微微頷首，母親則回應道：「早、早，威兒，你怎想到要掃地？」

母親單刀直入提問，大威倒沒被窺見秘密的彆扭，他反而坦誠回道：「佛寺職司靈山勝境的師父告訴我，練功要從基本功練起，所謂的基本功就是始於勤打掃。」

大威的話父母完全不解，瞬時愣住，這孩子倒底在說什麼練功呢？

大威以為自己說解不夠，他再加一語說道：「師父還說要練到一心不亂才可以。」

「嗄？」這次不但不解，還一致發出疑惑聲。

十三　養正氣，今非昔比

現在大威父母雖然明白大威清掃是在練基本功，卻都沒看出大威是藉著打掃在練臂力及掌控力道的大小，就連大威自己也不知其所以然，他只記住師父說的一心不亂。

大威還會找時間到前院裡，故意撞撞前院那棵馬拉巴栗，然後在樹葉飄落下來時，學起師父出掌去接，剛開始抓不住要領，以為自己時間掐得剛好，等到放開手掌一看，空空如也，葉子早一步飄落地面了。

大威不氣餒，經過道館學拳的經驗，他知道武功的練成不是一朝一夕，而是在於日積月累的工夫。

大倫見大威老是撞樹，以為他心有鬱悶，關心問道：「你怎麼了？又被誰欺負了嗎？」

大威只顧練習出拳抓葉子，對於哥哥的問話沒作回應，大倫再看他那神情，彷彿身體裡面正有一股源源不絕的氣，想必正在紓壓，也就不想再多管。

有一天大倫看見大威情形依舊，想及手足，忍不住停下，要好好安慰大威，才抬眼，卻見大威撞樹後迅速向後彈跳，然後雙手交互打出，打拳速度之快，以迅雷不及掩耳形容還嫌不足，總之那連續推出的雙掌，已臻出神入化之境，看得大倫嘆為觀止。

數分鐘後，被撼動的大樹漸趨平靜，大威隨後收回雙拳，一切恢復寂然。

大倫提起雙掌，正想拍掌給弟弟一番鼓舞，可當他雙掌剛一接觸，尚未擊出聲響，就被眼前景象震懾到張口結舌，也忘了要擊掌。

大倫見到大威倏地放開方才快速揮動的雙掌，那一雙攤開的掌面上滿滿是樹葉，地上有的是方才掉落的兩葉。

大倫詫異至極，以驚異的神色看向大威，大威卻是抿嘴一笑，狀極輕鬆。

大倫完全不能置信，他明明只看見大威不斷的出拳，何時他放開手掌去抓樹葉？自己就在眼前竟是察覺不出，再看淡淡笑著的大威一眼，不由得要對他刮目相看了。

大倫實在忍不住，開口問道：「你是怎麼抓到樹葉？」

大威立刻握拳連續擊出兩發，輕鬆說道：「就這樣抓啊！」

就這樣抓？大倫也雙手一前一後的推出，但就無法體會其中奧妙，再回頭，大威已頭也不回的入屋裡去，徒留茫然無解的大倫在樹下。

新春過後，大威收攝身心後準備回到學堂溫故知新。

因為打掃與練拳，大威漸覺自己體魄不同於以往，雖然骨架仍然瘦小，但整個人精氣神都是飽滿的，很自然走起路來便抬頭挺胸昂首闊步，再不是以往那個易藏頭縮尾的曾大威。

對於師父說的「養正氣」，年方十三的大威尚難體會全貌，但就流竄整身的氣脈而言，他卻是時有體會。不說他常能感知背上脊骨裡一道狂奔熱氣，竄得他通體暢快、渾身溫暖，就連過去寒冬之際常是冰涼的掌心腳底，這年從年下到入了春都是暖烘烘的。

大威有時忘了，不自覺的摩搓起兩個手掌，等想到今非昔比，才戛然一笑停止摩挲。

現在，在家裡哥哥也不再像往常那樣時而尋他開心，反而還常以崇拜眼神看他，看得大威怪不好意思！

大威道：「哥，你別再這樣看人嘛！」

大倫則說道：「我是真佩服你呢！現在你的拳法快如光譜，簡直飛拳。」

大威撓撓腮難為情道：「沒的事，我這是小巫。」

大倫聽穎聽出大威的弦外之音，立時追問道：「那大巫是誰？」

「呃……」大威差點兒脫口而出，隨即想到師父說過叢林裡修行至上，功夫只是順帶練得的，為不想給師父惹出麻煩，大威選擇封口，他只是笑著對大倫說：「阿彌陀佛。」

「拜託，別扯到佛祖，說啦，誰是大巫？」

「我佛慈悲。」

大倫不甘被擺一道，抓住大威兩臂追問道：「說嘛，你這小巫見的大巫是誰？」

大威為要掙脫哥哥的箝制，本然的握拳向兩側外翻，口裡還是念道：「阿彌陀佛！」

大威才一擺起這架勢，大倫就慌得趕緊放手，再說道：「好，好，不說就不說，不用耍起拳腳。」

大威只知自己已走出兒時的貪玩怕痛，而且更耐得住練功的苦。他卻是不知，自己的瞳仁會散放一種神聖不可侵犯的光，使得與他對望的人為之懾服，不敢輕舉妄動。

有一天，學堂裡學伴康寧復悄悄跟他說：「曾大威，過了一個年，你好像不一樣了。」

對此大威大大不解，他還是他，沒長胖沒長高，康寧復說他異於往常，還真是讓人無法理解，於是他問道：「哪裡不一樣？」

康寧復道：「嗯……我也說不上來。」此話說完，支著前額想了想，不多時他方說道：「你看人的眼神。」

大威指著自己鼻準喃喃道：「我看人的眼神？如何不同了？」

康寧復頓了半天，還想不出適切說辭，另一學伴鍾明山倒搶先說道：「你那眼神像嵌了利劍，被你定定看著，宛若一把利劍當頭削來，魂都快沒了。」

大威一聽，感覺鍾明山的說法是史上最誇張，搖搖頭不以為然道：「讓你說得像什麼似的，我曾大威如果目光就能震懾人心，我何必擔心遇上惡霸？」

康寧復接著說道：「是沒鍾明山說的那樣誇張，不過大威，真遇上時，我看或許換作惡少怕你喔！」

真是這樣嗎？大威心裡不斷問著自己。

如果自己真有什麼改變，也是因為以抓落葉練拳，讓他領悟到一心不亂、全神貫注的訣竅。

兩位學伴給大威的一番評價，無形中又灌進了一股真氣，大威想或許再遇三少黨時，自己真的就能從容面對。

十四　混亂裡，飛來的拳

清明之際，曾氏一家再度前往佛寺為先祖頌經超薦，大威也趁此機會回山拜見教他飛拳的法師。回想初見師父時，完全看不出師父武功深厚，這一想，大威突的豁然開朗了。

深厚的武功，是不外露的。

大威沿著山勢走到靈山勝境，遠遠的看見師父正蹲著清除花圃裡的雜草，大威不動聲色來到師父身後幾步之遙，正要開口向師父請安，沒想師父早一分笑道：「你來了啊！」

大威當下一震，師父怎知我來了？

師父不需回頭，早就知道他在後面。自己還要練上多久，才能練到這般地步！

大威正要開口，嘴方張開，發現面向師父不遠處有少年和中年各一，正笑著迎面筆直走來。

再一細看，「呃？那人不就是三少黨之一？」大威認出後，慌了一秒隨即鎮定，他倒要看看此惡少來佛寺做什麼？

和惡少同來的男士遠遠的就向師父合十問候：「師父吉祥。」

法師站起身合掌回道：「關居士，來祭祖啊？」

大威想，這個中年人姓關，那少年莫非就是關奇萊？師父說中年男來祭祖，不就像自家一樣，也是將祖先牌位供在佛寺？因這一想，大威立時為關奇萊混入三少黨感到可惜，顯然他沒真正薰習佛法。

大威早已停步並略退幾步，關奇萊往男士身後退的時候，兩人不約而同瞟了對方一眼。

這一眼大威比之前與之對看時，更多篤定。兩相比較，反是覺得今日佛門相遇，闢奇萊的惡少銳氣少了許多。是進了佛門，自然被肅穆清淨給洗滌了？抑或是在長者身旁不敢太過囂張？

闢奇萊那廂也正上上下下打量著大威，不打量還好，這一打量，不覺暗暗心驚，也才多久不曾撞見這瘦小鬼，怎的他身上好像竄著一股氣，那股氣由他頂上散出，直向他逼來。

闢奇萊父親與師父說過兩句，眼一瞟看見兒子與大威目光交鋒，以為二人是朋友，忙向師父問道：「師父，那位是……」

法師回道：「是我的得力助手，掃菩提葉高手。」

闢奇萊聞言愣住，這瘦小子會是掃落葉高手？

大威則是霎時周身發熱，臉紅得有如西下的太陽，除了因為被師父這樣讚許，之外，多的是被師父稱作掃菩提葉高手的心虛。

闢父轉而問自己兒子道：「奇萊，我看你也幫師父清掃吧！」

「呃……」闞奇萊望著漲紅臉的大威，心裡恨恨道：「都是你這臭小子惹的禍，什麼時候不來掃落葉，選這時候出現，害得我得跟你一起掃。」

「呃什麼呃？快去啊！」闞父催促過兒子，回頭步上台階，朝地藏殿走去。

「噢。」

大威看闞奇萊對自己父親唯唯諾諾的樣子，與平日的惡少模樣天差地遠，這難道是一物降一物嗎？

「大威，拿去，你就清掃東單吧。」師父取來兩枝竹帚，一把給大威，一把給闞奇萊，「奇萊，你掃西單。」師父說罷也隨闞父離去。

大威伸手接下師父遞來的竹帚，立即返身揮帚清掃地上落葉，他的動作俐落，不一會兒的就掃了一堆小山似的落葉。

不多時，大威略感微風輕輕拂來，一時愛現，沒多想便放下竹帚，站定菩提樹下，吸氣運氣，一氣呵成。

關奇萊掃掃停停，偷偷覷著，就不知那個瘦子在做什麼？風勢變強，菩提葉簌簌飄落，關奇萊根本來不及反應，嘆了一口氣，連竹帚都懶得揮了。這時他看了對向大威一眼，不看還好，這一看他驚得目瞪口呆。

只見大威面向菩提樹，先是靜靜站立，待大風起兮，他雙膝略彎，馬步一蹲，雙手向前快速交換推出，所有動作都在極短時間連續運作，但這還不是令關奇萊吃驚之事，關奇萊大為震驚的是，瘦子腳下沒有一片落葉。

那些樹葉呢？

關奇萊右手抱著後腦，怎麼也想不透。

「奇萊，你發什麼呆？快掃啊，你看人家那個小師兄多有效率。」由地藏殿回來的關父看見東西單不同景況，忙叨唸自家兒子。

「我……」

「我什麼？掃啊，努力掃啊！」

被父親這一喊，闞奇萊不得不再揮起竹帚，可偏偏落葉都不聽使喚，眼尾再掃向瘦小子，只見他瘦削的背挺起一股氣勢，他那邊的落葉為什麼能被他整治得如此服貼？

他如何辦到的？

待我也來學學。

闞奇萊將竹帚放下地，也擺起大威的架勢，向著眼前菩提樹頻頻出手，卻只感覺落葉紛紛如雨下，片刻之後，攤開雙手一看，兩隻掌心除了紋路清晰的掌紋外，別無其他。

怎麼會是這樣？

那瘦小子是施了什麼法術？

頭一仰猙獰面貌現出，大威望著闞奇萊突然間大變化的神情，一股不祥當頭罩下，無疑他是技不如人惱羞成怒了。想來回去後他必會將今日寺裡所見的一切，加油添醋的說與他的同黨知道。

這一想，大威暗叫一聲，方才真是失策，輕易的就曝露了自己的功夫，師父一直交代行事要低調，還說過低調是最好的保護色，自己怎麼大意？

慘了，慘了，日後他們要是用更凶狠手段對我，我怎應付得了？

才這麼想著，大威眼前的闢奇萊形貌，突然大變身，一躍就躍成四個橫眉豎眼的惡少，四人遠遠擺出揮拳架勢，不由分說便衝向他來。

到底要怎樣嘛？

自己和這幫人又沒過節，實在搞不懂他們為何苦苦相逼？

不行，就算自己還不是讓人崇拜的「咖」，也不能隨便就讓人動自己一根汗毛。

該怎麼做？

以牙還牙、以眼還眼？

但是自己以一對四，有勝算嗎？

除了以暴制暴的還擊策略，難道沒有其他更文明的方式嗎？

大威在最短的時間裡尋思對策。

不管如何，這節骨眼上也只能自助了。

好吧，就把爸爸教過的「不重則不威」，和師父說過的「浩然正氣」都用上來吧。

於是深深吸了飽足的氣，再把胸膛挺得鼓鼓的，這樣還算有威儀吧？

欸欸欸……

怎麼這樣？

腿股間好像迎上一記飛來的拳。

不管了，我也要還手。

十五　夢醒時，恍然大悟

「大威，起來。」

奉媽媽之命二度進房喊大威起床的大倫一肚子氣，剛才平白捱了他一拳，右臉頰還隱隱作痛呢。

睡得像死豬的弟弟，大倫怎麼推也推不醒，氣極了，像剛才那樣一拳搥上弟弟大腿，怎知大威還是「唉唷」一聲，翻個身右腿跨出涼被繼續睡著。

「你豬啊，還睡？」

大倫氣得吹鬍子瞪眼睛，真是拿這個弟弟沒辦法，乾脆大掌一提，就往大威露在涼被外的半側屁股呼下，「啪」一聲無比清脆，毫不拖泥帶水。這掌力道之大，大到起了反作用力，大威的身體不自主的彈跳起來。

這下大威是醒了。

咦？怎麼是這裡？

坐直身子，雙眼茫然覷著哥哥，右手還不時來回摩挲著被打疼的屁股，腹腔裡還有股讓他想下床直奔後屋的躁動。

「看什麼？」

「……」怎麼是哥哥？剛才是誰打出這一拳？不是藍尚天那夥惡少嗎？

「起來了，大家都等你一個。」

「等我一個……」大威不懂哥哥的意思。

「去佛寺，阿公的塔位，拜拜。」

說到佛寺，大威頓住，回想剛剛夢境裡被四惡少追著打，不禁皺眉，但想到可以見到教抓樹葉的法師，轉而又眉開眼笑，還往床板擊了掌。大倫搞不懂弟弟此舉，只想趕快完成媽媽交付的差事，才伸手要撥弟弟，就見大威蛇似的扭腰旋轉，閃開了他的手掌，還定定望著他看，看得他有些兒心虛。

「看什麼看？」大倫詫異極了，弟弟啥時反應這麼靈活了？還有他那一雙眼，怎麼突然變得有神？

大威聽得出哥哥聲音裡的虛張聲勢，和些許心驚膽顫，感覺事有蹊蹺，難不成自己的眼神真的有如夢中鍾明山所說的那樣？

大威還沒得餘裕想個透徹，大倫心急搶先再喝道：「還看？」

沒耐性的大倫不等杵在床榻思索的大威，右掌一揮就要拍下來，「還不快？」

不讓哥哥有機會劈掌下來，大威旋即剪刀腳一蹬跳下了床，下盤一站穩，雙手馬上架在胸前，「快什麼快？」

大倫見狀更是疑惑，才過一宿，弟弟就宛如武林中人。到底昨晚睡著後，他怎麼了？

啊，難不成是剛才那夢？

就算作夢，不過夢境一場，哪有這麼大的影響？

大倫正沉思，大威已快手快腳出了房間，大倫回過神來，立刻追出房間，卻見大威向剛出衛浴間的媽媽要求，「媽，我要去學打拳。」

「我可沒對他怎樣喔。」大倫忙自清。

「怎麼突然想學拳？」爸爸邊由客廳走來邊問道。

「健身自保啊！」

「可別想學了拳去霸凌同學唷。」媽媽玩笑說著。

「就是怕被霸凌才要學拳。」大威顫了一下，在爸媽眼裡看似委屈。

「你什麼時候被霸凌了？」爸媽緊張得一齊發問。

「呃？？」大威撫著後腦回想夢裡四惡少，「就哥來叫我之前我作了一個夢，夢裡遇上了惡少。」

「神經，作夢也當真？」大倫嗤之以鼻。

「？？」爸媽頭上則是一堆問號。

「那個夢好長，我夢見學校的壞學生藍尚天他們……」，隨著大威繼續往下說出的夢境，爸媽好似聽了一個武俠故事。

「哈，啥『雞立功』？我看你是想吃雞米粒啦！」大倫譏刺道。

「哥，金雞獨立你沒聽過嗎？」

「金雞獨立我知道，可你說的武功就太扯了。」

「呵呵，大威，你作的這是什麼夢啊？」爸爸大笑，「是說『影搖千尺龍蛇動，聲撼半天風雨寒。』還挺有深度的嘛！」

「一定是他從哪裡看來的。」大倫說。

「才不是呢，是夢裡師父說的。」

「你還真把它當真啊？」大倫順手拍了大威的肩，大威目光一凝，快速提起手臂往上一架，再握拳推出一記，結結實實打中哥哥上臂，大倫「唉唷」一聲，左手抱住右上臂，爸爸一看，剎那失神，但很快回神接著嘖嘖稱奇道：「果然有『一點浩然氣，千里快哉風。』的架勢，難道你這夢真是……」爸爸其實不認為一夢之後會有如此天壤之別。

「我……」大威一愣，也不清楚這是怎麼一回事？真的經歷一場夢境，便偷得了幾招功夫？那還真是幸運呢。

大威正沾沾自喜時，大倫當頭澆下一盆冷水，這次他全身起了痙攣，爸媽看見了，詫異中帶著不解。

「你這不過是黃粱一夢罷了！」大倫口吻十分不屑。

「是嗎？」大威撓著耳後喃喃自語道：「真的只是黃粱一夢嗎？」

仰起頭，突然意識到體內那股洪流即將崩潰，再不快速衝進廁所，後果將不堪設想，於是撥開媽媽，衝進衛浴間，正紓解時，耳邊傳來媽媽的聲音。

「大威，你這是ㄘㄨㄚˋ尿夢（台語，意思是膀胱蓄了滿缸子的尿，神經傳導該起床小解）啦！」

「哈哈……」

在家人不留情面的笑聲裡，大威正惶然，當真小解之後，什麼都會沒了？

飛拳：少年武俠小說 / 王力芹著. -- 一版. -- 臺北市：
秀威少年, 2013.03
面； 公分.
ISBN 978-986-89080-4-8（平裝）

859.6 102002152

國家圖書館出版品預行編目

少年文學3 PG0829

飛拳
——少年武俠小說

作者／王力芹
繪圖／羅 莎
責任編輯／林千惠
圖文排版／王思敏
封面設計／王嵩賀

出版策劃／秀威少年
製作發行／秀威資訊科技股份有限公司
114 台北市內湖區瑞光路76巷65號1樓
電話：+886-2-2796-3638
傳真：+886-2-2796-1377
服務信箱：service@showwe.com.tw
http://www.showwe.com.tw

郵政劃撥／19563868
戶名：秀威資訊科技股份有限公司
展售門市／國家書店【松江門市】
104 台北市中山區松江路209號1樓
電話：+886-2-2518-0207
傳真：+886-2-2518-0778
網路訂購／秀威網路書店：http://www.bodbooks.com.tw
國家網路書店：http://www.govbooks.com.tw
法律顧問／毛國樑 律師

總經銷／聯寶國際文化事業有限公司
地址：221新北市汐止區康寧街169巷27號8樓
電話：+886-2-2695-4083
傳真：+886-2-2695-4087

出版日期／2013年3月 BOD一版 **定價**／240元
ISBN／978-986-89080-4-8

秀威少年
SHOWWE YOUNG

讀者回函卡

感謝您購買本書，為提升服務品質，請填妥以下資料，將讀者回函卡直接寄回或傳真本公司，收到您的寶貴意見後，我們會收藏記錄及檢討，謝謝！

如您需要了解本公司最新出版書目、購書優惠或企劃活動，歡迎您上網查詢或下載相關資料：http:// www.showwe.com.tw

您購買的書名：____________________

出生日期：________年________月________日

學歷：□高中（含）以下　□大專　□研究所（含）以上

職業：□製造業　□金融業　□資訊業　□軍警　□傳播業　□自由業

□服務業　□公務員　□教職　□學生　□家管　□其它_____

購書地點：□網路書店　□實體書店　□書展　□郵購　□贈閱　□其他

您從何得知本書的消息？

□網路書店　□實體書店　□網路搜尋　□電子報　□書訊　□雜誌

□傳播媒體　□親友推薦　□網站推薦　□部落格　□其他__________

您對本書的評價：（請填代號　1.非常滿意　2.滿意　3.尚可　4.再改進）

封面設計____　版面編排____　內容____　文／譯筆____　價格____

讀完書後您覺得：

□很有收穫　□有收穫　□收穫不多　□沒收穫

對我們的建議：____________________

____

____

____

請貼
郵票

11466
台北市內湖區瑞光路 76 巷 65 號 1 樓
秀威資訊科技股份有限公司 收
BOD 數位出版事業部

……………………………………………………………………………

（請沿線對折寄回，謝謝！）

姓　名：＿＿＿＿＿＿＿＿＿＿　年齡：＿＿＿＿　性別：□女　□男

郵遞區號：□□□□□

地　址：＿＿＿＿＿＿＿＿＿＿＿＿＿＿＿＿＿＿＿＿＿＿＿＿

聯絡電話：(日)＿＿＿＿＿＿＿＿＿＿＿＿(夜)＿＿＿＿＿＿＿＿＿＿＿＿

E-mail：＿＿＿＿＿＿＿＿＿＿＿＿＿＿＿＿＿＿＿＿＿＿＿＿